Train I Ride

Paul Mosier

あたしが乗った列車は進む

ポール・モーシャー 作
代田亜香子 訳

すずき出版

ケリ、エレリ、ハーモニーへ
あなたたちがいれば、
どこでもわが家です

Train I Ride by Paul Mosier

Published by arrangement with HarperCollins Children's Books,
a division of HarperCollins Publishers through
Japan UNI Agency, Inc., Tokyo

装画 今井ちひろ　　装幀 長坂勇司

あたしが乗った列車は進む

1

あたしが乗ってる列車は、ぜんぶで十六両。一両は機関車だけど、本や映画《えいが》に出てくるような煙《けむり》を出すやつじゃない。ベッドつきのお金持ち用の車両がいくつかあって、それ以外の人は、座席《ざせき》にすわったまま寝《ね》る。食堂車もあるし、横も上もガラス張《ば》りの車両もあって、休暇《きゅうか》中《ちゅう》で幸せいっぱいな人たちが、外をながめてこれからのお楽しみを想像《そうぞう》してわくわくしたり、ボロボロに傷《きず》ついた女の子たちが、目の前をすぎていく田園風景をどんよりした目で見つめてたりする。

あたしは、おばあちゃんの家があるカリフォルニア州のパームスプリングスに住んでた。この前まであたしの世話は、おばあちゃんに押《お》しつけられてたから。

パームスプリングスは、なんにもない砂漠《さばく》のまんなかにある都市で、まわりには巨大《きょだい》な山脈がいくつもそびえてる。夏はめちゃくちゃ暑くなるから、自分も湯気になってゆらゆら立ちのぼっていくような気がした。山のあいだから見上げると、雪におおわれた頂上《ちょうじょう》がこっちを見下ろして笑ってるみたいだった。住んでるのはたいていリタイアしたお年寄《としよ》りで、やることといったらビンゴとゴルフくらいしかない。

おばあちゃんの家は、パームスプリングスのなかでもかなり汚《きたな》い地区にあった。たまに、心の底からうんざりした。

ステキな場所でもなければ、おばあちゃんは心のあったかい人でも、いっしょにいて楽しい人でもなかったのに、あたしはパームスプリングスからはなれるのがイヤだった。少なくともよく知ってる場所だ。なんたって、二年間暮《く》らしてたんだから。きらいだけど、居心地《いごこち》は悪くない。なのにいま、あたしはその場所からどんどんはなれていってる。もう、おばあちゃんにめんどうを見てもらえなくなったから。

パームスプリングスの駅は、ハイウェイの陸橋のわきにある。鉄道の駅っていうより、線路つきのバス停みたいだし、そこらじゅう砂《すな》だらけだ。朝早く、あたしはその駅から列車に乗った。大きなスーツケースを点検《てんけん》を受けてから預《あず》けて、もちこんだ手荷物はバッグひとつと、小さいのにめちゃくちゃ重たい箱ひとつ。保安官《ほあんかん》だか代理人だかのおじさんが、かぶってた帽子《ぼうし》をちょこっとさわってバイバイのしぐさをすると、あたしをドロシアに引《ひ》き渡《わた》した。

もうすぐ十三歳《さい》になるのに、どうやらあたしは、ひとり旅をするためには大人の監視《かんし》が必要らしい。そして、その監視《かんし》が、長距離列車《ちょうきょりれっしゃ》アムトラックの職員《しょくいん》のドロシアの仕事だ。背《せ》が低くて、背丈《せたけ》と横幅《よこはば》がおなじくらいで、あたしのカンだと規則《きそく》にうるさいタイプ。だけど、けっこういい人。列車のなかを案内してくれて、あたしたちがとなりどうしですわる席のある客車やら、上の階にある展望《てんぼう》ラウンジや下の階にあるトイレやらを見せてくれた。

「十六両編成《へんせい》よ」ドロシアはいった。「機関車とか荷物専用《にもつせんよう》車両とかぜんぶ引っくるめて。席が二階でよかったわね。ながめがいいわよ」

ドロシアはやたらにこにこしてて、だいじょうぶかとか、何か必要なものはないかとか、きいてくる。たのめばくれるわけじゃなさそうだけど、とにかくきいてくる。これって、親切なのか口先だけなのか、びみょうだ。まだ、どっちか決められない。

ロサンゼルスまで、ドロシアのとなりにすわってなきゃいけない。正確《せいかく》にいうと、まだその先もずっとだけど。あたしは窓側《まどがわ》にすわって、すぎていく景色をじっとながめてた。風車が千個《こ》くらいあって、巨人《きょじん》がやたらめったら両腕《りょううで》をふりまわしてるみたいに回ってる。目ざわりな電線が、はるばるロサンゼルスまで電力を運んでる。大きな山と山のあいだの谷間では、太平洋から流れてくる冷たい霧《きり》が砂漠《さばく》の熱い空気と出会って、風がどっちの方向に流れていくかをめぐってけんかしてる。やがて、ロサンゼルスの盆《ぼん》地《ち》に入った。一度も来たことがない。おばあちゃんはもう車の運転ができなかったし、どっちにしても見る価値《かち》なんかないといってた。

おばあちゃんてば、うそばっかり。

ホームレスの人たちが、線路沿《せんろぞ》いにずらっと並《なら》んだダンボールハウスに住んでて、あたしが乗ってる列車がガタゴト通りすぎていく横で朝日を浴びながら眠《ねむ》ってる。ボロボロのソファーやらリクライニングチェアーやらが、こっち向きに置いてある。線路沿《せんろぞ》いにある会社や倉庫の壁《かべ》のアートは、ホームレスがスプレーで描《か》いたものだろうけど、ショッピングモールで売ってる複製画《ふくせいが》なんかよりずっと生き生きしてる。みんな、よくああいう複製画《ふくせいが》を買ってリビングに飾《かざ》って、チーズフォンデュとかをふるまうパーティーをひらいて友だちに見せるのが好きみたい。おばあちゃんの家の近所に住んでたレスとレイもよくしてた。

見る価値《かち》はあるけど、楽しいものばっかりじゃない。あたしはそう感じた。おばあちゃんはもう、そういうものを見なくていいけど、あたしは見なきゃいけない。

まだ朝のうちに、ロサンゼルスのユニオン駅に着いた。ここで、東へ向かう列車に乗りかえる。出発は夕方だからそれまでここにいなきゃいけないけど、いままでのいろんな経験《けいけん》を考えたらマシなほうだ。大きくてごてごて飾《かざ》りのある駅で、スペインの教会みたいだし、パームスプリングスの学校で見学に行った何世紀も前に建てられた大使館にも似《に》てる。天井《てんじょう》が高くて、上まであるドアがあけはなたれてるから、中庭から涼《すず》しい風が入ってくる。とてもロサンゼルスのダウンタウンのどまんなかとは思えない。

どこもかしこも、いろんな列車を待つ人であふれかえってる。海岸沿《かいがんぞ》いをあちこちに連れていってくれる列車とか、あたしみたいに大陸を横断《おうだん》する列車とか。仕事場と家のあいだをせっせと行き来するための通勤列車《つうきんれっしゃ》を待ってる人もいるし、買い物やらビーチやらなんやらに向かおうとしてる人もいる。

あたしはその人たちをながめながら、なかに映画《えいが》スターがまざってるんじゃないかとさがした。そうかなって思うくらいのヴィジュアルの人はいるけど、そもそも映画《えいが》スターって列車に乗ったりするのかな。

あたしはしばらく、きれいな中庭にすわってた。トゲのある低木とか紫色《むらさきいろ》の花をつけた背《せ》の高い木とかがある。こんな花、パームスプリングスでも、ママといっしょに暮《く》らしてたニューオーリンズでも、一度も見たことがない。

あたしはその中庭で、さっき見た風車の絵を描《か》こうとしてた。絵を描《か》く紙は、ナプキンしかない。前は日記帳に絵を描《か》いてたけど、もうページをひらくのもやめにした。ちゃんとした画用紙はもってないから、行く先々でナプキンをよぶんにもらっておく。

絵を描《か》きたくなるようなものを見つけたときのために。

いくら描《か》こうとしても、気が散ってしょうがない。

おばあちゃんのことが、それからあとに残してきたもののことが、頭に浮《う》かんでくる。二年前におばあちゃんのところに来たときに、最初にしたけんかのことを考えた。

「おばあちゃん、シュヴァリエがたばこ吸《す》ってるよ」シュヴァリエっていうのは、おばあちゃんが飼《か》ってるブサイクな小型犬だ。小さいチワワで、理科室にはってあるポスターにのってる、喫煙者《きつえんしゃ》の数十年後みたいにしわしわ。片方《かたほう》の目に眼帯《がんたい》をしてて、もう片方《かたほう》は目ヤニだらけで、ところどころかきすぎて毛がはげてる。すごく小さいから、おばあちゃんはポケットのなかに入れて、ビンゴナイトに連れていってた。

「犬がたばこを吸《す》うもんか」おばあちゃんはいって、くわえてるメンソールたばこを吸《す》って咳《せ》きこんだ。バスローブを着てスリッパをはいて、みすぼらしくてせまいコンクリートの庭に置いた折りたたみいすにすわってる。

「だって、吸《す》ってるもん」あたしはいった。ほんとうだ。シュヴァリエは、おばあちゃんに負けずに生活習慣《せいかつしゅうかん》がなってない。「汚《きたな》い黒い口からたばこがぶら下がってる」

「どうせ、落ちてた枝《えだ》かなんかだよ」

「ううん。おばあちゃんのたばことおなじ字が書いてあるし」

「犬がたばこを吸《す》うもんか」おばあちゃんは、さっきとおなじことをいった。短くなったたばこを、庭に敷《し》きつめた白い砂利《じゃり》の上に投げすてて、新しいのに手をのばす。

「おばあちゃんがそうやって捨《す》てた吸《す》いがらを拾ったんでしょ」

おばあちゃんは、首を横にふりながら、たばこに火をつけた。「犬がたばこを吸《す》うもんか。もし吸《す》うとしても、家のなかじゃ吸《す》わせないよ。おまえがいるからね。おまえがぜん息だから」

「だから、やめてっていってるの」

「うるさいね。もういいよ」おばあちゃんは、ぶつぶついった。「ありもしないことばっかりいって」

シュヴァリエが網戸《あみど》を通ってやってきた。口にくっついてたたばこは、もう落ちてた。シュヴァリエがこっちをにらみつける。そっか、そうだよね、ここはあんたの家だもんね。あたしの家じゃなくて。これからもずっと、歓迎《かんげい》されてないお客みたいな気分なんだろうな。

「そのシャツ、いいね」声をかけられて、現実《げんじつ》に引きもどされた。ホームレスがベンチのあたしの横にすわってる。日に焼けてうす汚《よご》れてて、髪《かみ》は真っ黒でもつれてる。ほめられたシャツは、トーストがジャムのびんに向かって仲よさそうににっこりしてる絵がついてる。ほとんど新品のを教会のバザーで買った。「ありがとう」

「なあ、百万ドル、もってないよな？」

「もってません」この人、ほんとうにあたしのシャツをいいと思ったのかな。それとも、百万ドルをくれるかもと期待してほめただけかな。まあ、どっちにしても、ほめられて悪い気はしないけど。

「列車、待ってるんだ」ホームレスは、小さい声でいった。

「あたしも」

鳥がチュンチュン鳴いてる。お日さまはあったかくて、日陰《ひかげ》は涼《すず》しい。

「ニューヨークに行って、そのあと足こぎボートに乗ってアムステルダムまで行く」

「あたしもです」あたしはアムステルダムには行かないし、ましてや足こぎボートで行くわけないいけど、このホームレスに、おかしなことを考えてるのは自分だけだと思わせたくない。

「バシャッ、バシャッ、バシャッて、ずっとこいでいく」

「うん」あたしはうなずいた。

ホームレスは、うしろをふりかえった。「エイリアンってのは、オレの友だちの皮をかぶってるんだ。友だちそっくりだけど、ほんとはちがう。だから、アムステルダムに行かなきゃいけない」

「あたしもだよ」そういったけど、おもしろいじゃすまなくなってきた。この人の頭のなかの世界って、こわそうだな。

警備員《けいびいん》がやってきた。「ここにいてもらっちゃこまるよ、あんた」

「わかったよ、あんた」ホームレスは明るくいった。そして、こっちを見た。「春にケルク通りで会おう」

アムステルダムに、ほんとうにある場所みたいにきこえる。歩道に花があふれてカフェが並《なら》んでる。この人、ほんとうにアムステルダムに行ったことあるのかも。それで、ほんとうにもどろうとしてるのかも。愛想《あいそ》がいいし、ていねいだけど、目的地がどこにしろ、できればおなじ場所には行きたくないな。

だからって、これから向かおうとしてる場所に行きたいわけじゃないけど。

駅の構内《こうない》には、スコアボードみたいな大きな黒い掲示板《けいじばん》に白い文字が表示《ひょうじ》されてて、列車の発着状況《はっちゃくじょうきょう》を示《しめ》してる。あたしは一日じゅうそのボードをながめて、列車がどこから来るのかとか、どこへ行くのかとか、時間どおりに着くのかとか、確認《かくにん》してた。外に出てロサンゼルス探検《たんけん》をしたくても禁止《きんし》されてるから、しょうがない。

駅にいるあいだは、ドロシアはそばについてない。ロサンゼルスが地元だから、いったん家に帰って犬と遊んだり眠《ねむ》ったりしてる。かわりにおじいさんが、待合所のまわりにはってあるベルベットのロープの横に立ってる。ふだんは、乗客専用《じょうきゃくせんよう》のすわり心地《ごこち》のいい古いいすをホームレスがベッドにしないように見張《みは》るのが役目だ。おじいさんは十秒おきに、あたしのほうを、それから自分の目を指さして、見張《みは》ってるぞと合図してくる。トイレに行きたくなったり、外の空気を吸《す》いたくなったり、食べものを買いに行きたかったりするときは、伝えなきゃいけない。すると、おじいさんはついてきて、近くをうろうろしながら見張《みは》ってる。ロサンゼルス探検《たんけん》に行かせてくれるわけがない。

べつにかまわないけど。だって、スケートボード、もってないし。ずいぶん前に盗《ぬす》まれたっきりだ。

かわりにあたしは、構内《こうない》にあるコンビニのなかを見てまわった。〈ヘイ・ジミー！〉って名前のすごくかわいい日本のお店だ。ヘルシーな日本食とかふしぎなお菓子《かし》とか、ペットボトルの水とかが置いてある。通路は、お客さんが向きをかえても、たなから商品が落ちないくらいの幅《はば》はとってあるんだろうけど、店内にいる人がみんなスーツケースを引いてたりバックパックをしょってたりしてるから、とても広いとはいえない。

あたしはやっとのことで冷蔵《れいぞう》コーナーにたどり着くと、大きな目をした動物のイラストがパックについてるイエローベリー印のヨーグルトを見つけた。最初にこのコンビニに来たとき、これを買った。そのあと何度も、何かっていうとここに来てる。

あたしは引っきりなしに食べてるのに、がりがりだ。パームスプリングスの学校でサナダムシについて勉強したとき、ぜったいあたしの体内にもいると思った。胃のなかに入ったものをぜんぶ、消化する前に食べちゃうそうだ。それなら納得《なっとく》がいく。だけど保《ほ》健室《けんしつ》の先生がいうには、あたしくらいの年の女の子なら、まだ成長中だし、たくさん動いてるからいつもお腹《なか》をすかせてるのはふつうらしい。

社会福祉局《しゃかいふくしきょく》の人たちがお金をくれて、これでシカゴまでの二日間もつだろうっていったけど、あたしは食べまくって、お金を〈ヘイ・ジミー！〉で使っちゃって、ユニオン駅をまだ出発もしてないうちにぜんぶなくなった。

アボカドをごはんと海苔《のり》で巻《ま》いたカリフォルニアロールと、缶入《かんい》りアーモンドをもって列車に乗った。だけど、列車がロサンゼルスをぬけないうちに、食べきった。

2

　空がまだ明るいうちに、列車は走りだした。うしろに見える太陽が、ロサンゼルスの山々を金色に染《そ》めてる。

　列車から窓《まど》の外をのぞくと、ハイウェイで車から見るよりずっといろんなものが見える。古いもの、みじめなもの、きれいなもの、ぞっとするようなものが、線路のわきに積み重なってる。ダウンタウンの古ぼけた地区には〈宝石館《ほうせきかん》〉なんて名前の古くさい映《えい》画館《がかん》があるし、鉄道のまくら木やらコンクリートブロックやらが積み重なって、さびた鉄筋《てっきん》のビルが建ち、さびた車が放置され、さびたみたいにどんよりした目の人たちが自分の家のほこりっぽい庭からこっちを見つめて、首輪をしてない犬たちがうろうろ歩いてる。

あたしも、野良犬《のらいぬ》になった気分だ。だけど、こっちは大きな列車に乗って走ってるとこだし、むこうは立ちどまってこっちを見つめてる。あたしは、バイバイと手をふった。列車は山あいを走りぬけ、太陽が沈《しず》んでいく。これがカリフォルニアで見る最後の夕日かもしれないな。だからなんなの、だけど。この土地は、あたしを求めてたわけじゃないし。しぶしぶ受け入れてたってカンジだった。

暗くなってくると、窓《まど》の外をながめてもたいしてヒマつぶしにならない。あたしは、スポンジ・ボブの腕時計《うでどけい》に目をやったけど、もうずいぶん前からこわれたままだ。べつにいいけど。だって、あと二日たたないとシカゴには着かないから。

立ちあがって、荷物だなにのせたバッグのなかをのぞいてみる。気がまぎれるようなもの、なかったかな。すると、うしろからドロシアの声がした。

「その箱、何が入ってるの?」

あたしはドロシアのほうを向いて、とっさに「宝石《ほうせき》」と答えた。「パパがお誕生日《たんじょうび》とかクリスマスとかにいつもくれるの。映画監督《えいがかんとく》だから、ほとんどヨーロッパにいるんだ」

「へーえ。わたしが知ってそうな映画《えいが》、あるかしら?」

「たぶんない。フランス人だから、英語の映画《えいが》はあんまりないし。それにアメリカ人って、フランス映画《えいが》はヘンって思ってるでしょ。でも、あっちでは賞とかとってる」

「自慢《じまん》のお父さんね」

あたしは肩《かた》をすくめた。「いつもいない罪《つみ》ほろぼしで、ルビーやらパールやらエメラルドやらをくれるんじゃないかな。身につけはしないけど、たぶんけっこう高かったりするんだろうから、いちおうもってきた」

「まあ、そうなのね。だったら、なくならないようにちゃんと見張《みは》っておくわね」

「メルシー。フランス語で、ありがとうだよ」

ドロシアはにっこりして、通路を歩いていった。

ま、信じてないだろうけどね。でも、箱のなかに何が入ってるかなんて、ドロシアには関係ないし。あたしにパパがいるかどうかだって、関係ない。

夜が深くなってきても、ぜんぜん静かにならない。酔《よ》っぱらいオヤジ五人のグループが三つ前のバーストウ駅で乗ってきて、さらにべろんべろんになってやかましくなってきた。で、ドロシアはどんどんストレスがたまってきてる。ずっとあたしのとなりにいるけど、たまに通路に出て、無線でしゃべってる。

酔《よ》っぱらいたちはトイレに行くときに通りかかる。みんな、ぎらぎら、てかてか、ぼけっとした顔をしてる。ひとりずつ席をぱっとはなれて、通路をふらつきながらやかましく進んで階段《かいだん》のほうに行くと、下の階のトイレに向かい、キモチ悪い横目でこっちを見ながらもどってくる。お酒とたばこくさくて、しばらくシャワーを浴びてないのもわかる。ドロシアがいってたけど、たぶんここ数日、ラスベガスでのんだくれてたんだろう。

そのうちひとりが通りすぎたあと、どさっという音と叫《さけ》び声《ごえ》がきこえた。階段《かいだん》から転がり落ちたらしい。ドロシアが、あーもう、とつぶやいてあとを追いながら、また無線に向かって話してる。アムトラックのべつの車掌《しゃしょう》さんで、ペンギンみたいに歩く背《せ》の低いおじさんが走ってきて、酔《よ》っぱらいグループのほうに行った。

あーあ、本もってくればよかったな。もってきたのはうすい本一冊《さつ》だけで、内容《ないよう》をぜんぶ暗記しちゃってるからヒマつぶしにならないし、列車のなかで騒《さわ》いで迷惑《めいわく》かける酔《よ》っぱらいみたいなイライラから気をそらしてもくれない。ユニオン駅でもらったロサンゼルスのフリーペーパーも、もう読みおわっちゃった。ひとりで考えごとでもするしかないけど、そうなるとどうしても、行きたくない場所のことばっかり浮《う》かんでくる。

ふいに、ドロシアの大声がきこえてきて、心臓《しんぞう》がばくばくしてきた。ドロシアの席のほうに身を乗りだして、通路を見わたしてみる。みんな、眠《ねむ》ってるか、好き勝手なことをしてる。

またちがう車掌《しゃしょう》さんが階段《かいだん》のほうに走っていく。あたしは、自分の席にじっとして気配を消した。

ニューオーリンズでは、ママがよく人前で騒《さわ》ぎを起こして恥《は》ずかしい思いをした。あたしの九歳《さい》の誕生日《たんじょうび》に、ふたりでカフェで朝ごはんを食べてたときもそうだ。ちょっとぜいたくするときに行く、あたしのお気に入りのカフェのひとつで、列車の食堂車を再《さい》利用《りよう》した店だ。どのテーブルにも小さいジュークボックスがあって、昔の陽気な音楽をかけられる。

注文したのは、あたしは特大パンケーキとハッシュドポテトで、ママはトーストとコーヒーだけ。それ以上たのむお金がないからだけど、ママは食欲《しょくよく》がないフリをしてた。お腹《なか》すいてるのはバレバレなのに。いつもそうだ。やせっぽちで、幽霊《ゆうれい》みたいに顔色が悪い。

男の人が、こっちのテーブルに近づいてきた。何度か見たことある人だ。ママは、こんなところで会うなんてビックリみたいなフリをしてる。この人はいつもにこにこしてるけど、会うとろくなことがない。ママを男にしたみたいな感じで、がりがりにやせこけてる。ママがその人と話をしてるあいだ、あたしは窓《まど》の外をながめてた。雨がふってる。男の人は帰っていった。

ママが、トイレに行ってくるといった。

やたら明るい声を出してたから、すごくイヤな予感がした。

ママがジュークボックス用に二十五セント硬貨《こうか》を置いて歩いていく。あたしはそのうしろ姿《すがた》を見つめてた。

どの曲にしようかな。まず選んだのは、ビーチ・ボーイズの『恋《こい》のリバイバル』。いちばんハッピーで、現実《げんじつ》とかけはなれてるから。あたしには一生縁《えん》がないバカンスみたいに。つぎは、また古くさいけどロイ・オービソンの『ブルー・バイユー』。いちばん悲しいから。

料理が来た。ウエートレスが、同情《どうじょう》してるみたいな目でにっこりする。なんなの？ムカつく。あたしはパンケーキにバターを塗《ぬ》って、メープルシロップをどぼどぼかけた。ママがいたら、メープルシロップじゃなくて糖蜜《とうみつ》をかけろっていわれる。そのほうがミネラルが豊富《ほうふ》だから、って。だけど、ママがいないから、かけ放題だ。こっちのほうが甘《あま》くておいしい。

ああ、お腹《なか》いっぱい。ママも、なんだか知らないけどからだのなかに入れて満たされてるところだろう。

ハッシュドポテトの最後のひと口を食べてるとき、サイレンの音がして、救急隊員が数人、あたしのいるテーブルの横を走って通りすぎると、トイレにかけこんでいった。

見覚えのある人たちだし、むこうもあたしを覚えてるみたいだ。あたしの顔で、これから助けなきゃいけないトイレで死にそうな人がだれか、わかったらしい。ママとは初対面じゃないし、これが最後にもならないだろう。

はっとして、われに返った。いきなりだれか、あたしのとなりにどさっとすわったからだ。酔《よ》っぱらいオヤジのひとりだ。自分におしっこを引っかけたみたいなにおいがする。

「おめぇ、何してんだ？」ぜんぜんろれつが回ってない。

あたしは、顔をそむけた。こういう人の扱《あつか》いなら、経験《けいけん》ずみだ。返事には、足を使うのがいちばん。走って逃《に》げるにしても、蹴《け》りを入れるにしても。だけどいまは、どっちをするにも体勢《たいせい》がよくない。

「おいっ、つんけんすんなって。おめぇに話しかけてんだ」

「あたし、おめぇじゃありません」

「わざわざ話しかけてやってんのによぅ」オヤジのつばが飛んでくる。

ドロシアがやってきて、オヤジの腕《うで》をつかんだ。じたばたするオヤジを通路に引っぱりだす。あたしも、足で押《お》しやった。ドロシアが大声で助けを呼《よ》ぶと、酔《よ》っぱらいオヤジは汚《きたな》い言葉でののしった。あたしは目を閉《と》じて見ないことにした。シャットアウトなんて逃《に》げてるみたいだからしたくなかったけど。助けが集まってくる。乗客とか、ペンギン歩きの車掌《しゃしょう》さんとか。みんなで酔《よ》っぱらいオヤジを引きずっていく。トイレに閉《と》じこめてしまおうといってる人がいる。そしてやっと、静かになった。

ニードルズという町で警察《けいさつ》が乗ってきて、酔《よ》っぱらいたちを連れていった。列車に酒をもちこむのは禁止《きんし》だし、それ以外にも違法《いほう》なものをたくさんもちこんでた。

三時間停車して、そのあいだに警察《けいさつ》が酔《よ》っぱらいを連行して、目撃《もくげき》してた人たちから調書をとった。あたしも話をきかれた。

しばらくしてやっとドロシアがもどってきて、通路側の席にどさっと腰《こし》かけた。あたしはそっちを見たけど、ドロシアは視線《しせん》を合わせない。両手に顔をうずめてる。

助けてくれてありがとう、っていいたかったけど、いえない。人に助けてもらわなくちゃいけないなんて、自分に腹《はら》が立ってしょうがなかったから。助けが必要っていう状《じょう》態《たい》は危険《きけん》だ。まずい状態《じょうたい》だ。あたしはカーテンを引いて、窓《まど》にもたれると、目を閉《と》じた。そのうち列車はまた動きだして、あたしはうとうとした。

ひと晩《ばん》じゅう、洗濯機《せんたくき》のなかで服がぐるぐる回ってる夢《ゆめ》を見てた。ニューオーリンズの家には洗濯機《せんたくき》がなかったから、ママとよくコインランドリーに行った。蛍光灯《けいこうとう》の明かりの下で、あたしは図書館で借りた本を読み、ママは爪《つめ》をかみながらまわりにいる人たちをながめてた。

昔はよく、好きで乾燥機《かんそうき》のうしろにかくれた。ふわっとあったかいし、ラベンダーのにおいがする。そこにすわって本を読んでると、だれにも見つからない。まだ六歳《さい》とか七歳《さい》くらいだったから、からだがするっと入った。だけどあるとき、ネズミがいるのを見つけて、悲鳴をあげて乾燥機《かんそうき》に頭をぶつけて、あわててぬけだした。それ以来、乾燥《かんそう》機《き》のうしろには入ってない。

3

首が痛《いた》くて目がさめた。早朝の光が窓《まど》から差しこんでくる。列車は、夢《ゆめ》に出てきた洗《せん》濯機《たくき》みたいにゴトンゴトン音を立ててるけど、ラベンダーのにおいはしないし、エアコンがききすぎて寒い。

食堂車に行ってみた。ずらっと並《なら》んだテーブルに白いクロスがかかって、りっぱな銀の食器とグラスがのってる。料理をつくるにおいがして、あたしはお腹《なか》がぐうぐう鳴った。

アムトラックの制服《せいふく》を着た女の人が近づいてきて、にっこり笑う。「おはようございます！　何時のご予約ですか？」胸《むね》の前にメニューを抱《かか》えてる。

「予約？」

「ええ、食堂車は予約制《よやくせい》になっています。おいそぎでしたら、売店に軽食のご用意がありますよ。展望《てんぼう》ラウンジの下です」

「あ、はい」

あたしは展望《てんぼう》ラウンジに行くと、階段《かいだん》をおりて売店に入っていった。ここの食べもののにおいには、さっきほど食欲《しょくよく》をそそられない。ま、いいけど。

「おはようございます」

声がしたほうを見ると、制服《せいふく》を着た男の人がいた。長そでの白シャツに黒いベストを着て、車掌《しゃしょう》さんとおなじ帽子《ぼうし》をかぶってる。めちゃくちゃかっこいい。あごががっちりしてて、あたしの好きなタイプ。

「どうも」あたしは目をそらして、食べもののほうを見た。ベジバーガーがおいしそう。箱に入ったひと口サイズのドーナツも。

「ご不明な点がありましたら、いつでもどうぞ」

あたしはうなずいて、展望《てんぼう》ラウンジにもどった。テーブルの前にすわって、窓《まど》の外をながめる。

かなり、のろのろ進んでる。まだまだ先は長い。

「ここ、すわってもいいかな？」

白髪《しらが》まじりのあごひげをきちんと整えたおじさんだ。あたしはうなずいた。おじさんがあたしの向かいにすわる。ボール紙のトレイには、湯気を立ててるコーヒーと、ドーナツの箱がのってた。

コーヒーのいいにおい。おばあちゃんはしょっちゅうコーヒーをいれてたから、あの家にいるあいだはよくのんでたっけ。あたしは目をそらした。

おじさんがドーナツの箱からビニールをはがす音がする。あたしは流れる景色をながめてた。朝の光のなかに、牛が何頭か立ってる。あ、ドーナツのにおい。シナモンだ。

おじさんが雑誌《ざっし》かなんかをひらいた。えんぴつで印をつける音がする。線路のわきにまくら木が積んであるのが見えた。

お腹《なか》がぐうっと鳴る音がした。おじさんにもきこえてた。

「何かいった？」おじさんが顔をあげる。

「おいしいですか？」あたしはたずねた。

「悪くない。ひとつどう？」

「いいえ、けっこうです」

「はい」おじさんはいうと、ナプキンの上にひとつのせて、あたしの前に置いた。あたしはじっとながめてから口のなかに入れた。ドーナツの味が口に広がって、泣きそうになる。ぜったい泣かないけど。

「ほんと。すっごくおいしい。ごちそうさまでした」

「どういたしまして。ライダーっていうのかな？」

「えっ？」

「名前だよ。ライダーっていう名前？」

おじさんは、あたしが首にぶら下げてるカードを指さした。あたしの写真と名字がのってて、その前に〝乗客《ライダー》〟って書いてある。列車の係の人たちに、あたしのことがわかるように下げることになってる。目をはなしちゃいけないってことがちゃんとわかるように。

「そう」あたしはうそをついた。〝ライダー〟と頭のなかでいってみる。あたしの新しい名前。

「かっこいい名前だね」

「ありがとう」

「ご両親はヒッピー？」

「へっ？」

「ああ、ほら、ヒッピーっていうのは、ワゴン車で生活していて、ベルボトムのジーンズをはいて、なんでもかんでも『ヤバい《グルーヴィ》』であらわす若者《わかもの》だよ」

「ヒッピーは知ってます」

「花の髪飾《かみかざ》りをして、旅をしながら真理を追求している」

「知ってます」

「ライダーって名前からして、ひょっとしてご両親はヒッピーかなと思ったんだ。かっこいい、とわたしは思うがね」おじさんはにっこりした。きれいな歯。まっすぐで真っ白。

おじさんの質問《しつもん》を無視《むし》するつもりはない。ドーナツくれたし、やさしいし。だけど、返事ができない。あたしはだまったままにっこりした。おじさんは、また雑誌《ざっし》を読みはじめた。

きっと、おしゃべりが苦手な子だって思っただろうな。または、ヒッピーのことは知ったかぶりだとか。

「ちょっと下に行って、何か買ってきます」あたしはいった。「席、とっといてもらえますか？」

「もちろん」

あたしは手で口をおおって息を吐《は》いてにおいを確認《かくにん》しながら、階段《かいだん》をおりていった。息からふわっとシナモンのにおいがする。売店には何人かお客がいた。あたしは、またドーナツの前に来た。チョコバーもあって、朝食にもぴったりな感じだ。あと、オレンジジュースとか、ベーグルとかもある。あ、コーヒーのにおい。

「おかえり」さっきのイケメン店員がいう。あたしは、そっちをふりかえらなかった。

「好きな食べものは？」

「なんでも。肉以外」

「ベジバーガーは、見かけほど味は期待できないかな。だけど、マヨネーズをたっぷりかければ、ぺろっといけちゃうよ」

軽くいったつもりだろうけど、こっちはかなりそそられた。あたしは、ふりかえった。

「きいてもいいですか？」心臓《しんぞう》がばくばくいってる。恥《は》ずかしいせいか、ほかの理由かは、わからない。「乗車券《じょうしゃけん》をもってても、食べもののお金はべつに必要？」

店員は、同情《どうじょう》の笑《え》みを浮《う》かべた。ああ、おそれてたとおりだ。

「いい質問《しつもん》だね。残念ながら、イエスだ。食べものには追加でお金がいる。ここのものを食べたあとだと、もっと残念になるだろうけど」

「ドーナツ食べたけど、おいしかった」

店員は、カウンターから身を乗りだした。「あのドーナツは、この売店の最高傑作《さいこうけっさく》だから。だけど、食堂車の食事のほうがずっとうまい。そのうちご両親が連れていってくれるんじゃないかな」そういってから、あたしが首にかけてるひもに気づいた。「あ、ああ、ひとり旅か」

「うん。ディズニーランドに行くとこ。いとこが全員集合して、休暇《きゅうか》を楽しむってわけ」

店員はにっこりした。「そりゃあ、楽しそうだな。名前は？」

「ライダー」あたしはためらいなく答えた。

「おもしろい子だな。ぼくは、ニール」そういって、手を差しだした。あたしはジーンズで手をぬぐってから、握手《あくしゅ》した。生まれてはじめて気づいたけど、あたしの手ってこんなに汗《あせ》でべちょべちょで、しょうもなかったっけ？

「ハイ、ニール」

自分の席にもどると、ドロシアはいなかった。ほかにもやらなくちゃいけない仕事があるから。トイレの掃除《そうじ》とか。まあ、ちっともうらやましくない。すわって窓《まど》の外をながめてたら、ふと思いだした。さっきあたし、ニールに、ディズニーランドに行くっていったけど、それってこの列車が向かってるのとは反対方向だ。しかも、なんか遊園地に行くってはしゃいでるガキみたいにきこえたはず。まあ、たぶん、自分があたしの父親ってほどじゃなくても、若《わか》いおじさんくらいの年とは思ってるだろうな。だからあたしなんか、ガキにしか見えないだろう。法律上《ほうりつじょう》はそのとおりだし。ほかの面では当てはまらないとしても。

でも、もしかしたら、ディズニーランドに行くっていうあたしの話のほころびには気づかなかったかも。なんたって、乗務員《じょうむいん》としてしょっちゅう行ったり来たりしてるわけだし、列車がいつどっちの方向に向かってるかなんて、いちいち気にしてないかもしれない。

それに乗務員《じょうむいん》なら、保護者同伴《ほごしゃどうはん》じゃない未成年はみんな、自分の写真と〝乗客《ライダー》〟って欄《らん》に名字がのってる札を首からぶら下げてるってわかってるはずだ。だけど、そういう未成年のうちひとりくらい、ほんとうにライダーって名前の子がいてもいいよね。出会うのは時間の問題って気がするし、それがあたしであってもおかしくない。

あ、そうだ、これからニールを、お父さんだって思うことにしよう。そういえば前に、パームスプリングスの学校のカウンセラーのローラ先生と、そんな話をしたことがあったな。いままで一度も思いつかなかったけど。こんな人が毎晩《まいばん》うちに帰ってきてくれたらいいなって思わせてくれる人に会ったことなかったから。かっこよくていつもやさしくて、ハグしてくれたり、いっしょに歩くときは手をつないだりしてくれる人。そんな人、会ったことがなかった。一度も。

ローラ先生は、そういう幻想《げんそう》を抱《いだ》くのは危険《きけん》だといってた。なかには、お父さんくらいの年なのにとんでもない下心を抱《いだ》いてる男の人もいるからって。ニールはお父さんっていうにはまだ少し若《わか》いし、あたしのことも、ほかのだれのことも、傷《きず》つけるような人には見えない。だけど、やっぱりムカつく。自分が弱いことに。人から傷《きず》つけられるような弱い人間だってことに。

そんなことを考えながら、あとニールの笑顔と茶色い瞳《ひとみ》とやさしい声を思いだしながら、あたしはそわそわと、ドーナツを口のなかにつめこんだ。知らず知らず、盗《ぬす》んでたものだ。ニールの目を盗《ぬす》んで、アムトラックの商品を。どうやらお腹《なか》がすきすぎて、手が勝手に食べものをさがしたらしい。それ以外の部分が、ニールのかっこよさにやられてぼーっとしてるあいだに。うっかりドーナツを盗《ぬす》むと、どうなるんだろう。ドーナツだって出入りがはげしいから、売店の店員も個数《こすう》を把握《はあく》しきれなくなってるかもしれない。でもやっぱり、不安だ。どんな顔して売店に行けばいいのかな。

どう考えても、お金が必要だ。でなきゃ、列車のなかで飢《う》え死《じ》にしちゃう。

ああ、透明《とうめい》なサルがいてくれたらなあ。あたしがいままで思いついたおこづかいかせぎのなかで、最高の作戦だった。


パームスプリングスにモールがあって、おばあちゃんがよく連れていってくれた。そこで買う下着だけが、あたしが身につけてるなかで教会のリサイクル品じゃないものだった。モールに行くといつも、ひもにつないだサルを連れているおじいさんがいた。おじいさんもサルも、ピンク地に黒いたてじまの長そでシャツを着て、明るい緑色のズボンをはき、ポークパイハットをかぶってた。なんでポークパイって名前かは知らないけど、おじいさんたちがよくかぶってるてっぺんが平らなフェルトの帽子《ぼうし》だ。サルを相《あい》棒《ぼう》にしてるおじいさんだと、とくにありがち。

そのおじいさんは、サルがお金をもって逃《に》げたらいけないと思ってるみたいに、ひもでつないでた。ジングルズって名前のそのサルが、五セント硬貨《こうか》とか、それ以上のお金ならなんでも、お客から受けとって小さなポーチに入れてもってる。ジングルズは、一セント硬貨《こうか》はぜったい受けとらない。わたすと、ギロッとにらみつけて返してよこす。パフォーマンスはそれだけだった。ジングルズにお金をわたすと、受けとる。だけど、五セント硬貨《こうか》を受けとってもらうには、直接《ちょくせつ》手わたさなきゃいけないから、そのかたい小さな指が自分の手のひらに触《ふ》れるのを感じられる。考えてみたら、けっこうなボロもうけだな。

あるとき、あたしもサルでひとかせぎしてやろうって思いついた。とはいえ、かんじんのサルがいない。だからって、あきらめるあたしじゃない。

土曜の朝、あたしはめちゃくちゃなかっこうに着かえた。左右べつべつの靴下《くつした》をはき、ジーンズの片方《かたほう》のすそをまくりあげて、前にボタンがずらっとついたシャツをうしろまえに着た。おばあちゃんに助けを求めないでボタンをとめるのに苦労した。

厚紙《あつがみ》で大きな看板《かんばん》もつくった。サインペンで、「透明《とうめい》なサルがシェイク・ハンド 無料 チップは大歓迎《だいかんげい》」と書いた。それから小さい看板《かんばん》もつくって、「モンキーカレッジ基金《ききん》」と書き、コーヒーの空《あ》き缶《かん》の上に置いた。

必要な道具をもって、スケートボードでモールまで行き、ホットドッグの売店近くにプランターを見つけて、看板《かんばん》を立てかけた。

最初は、ぜんぜん気づかれなかった。もちろん、透明《とうめい》なサルにも気づかない。だから勇気をふりしぼって、あたしは大きな声でいった。「透明《とうめい》なサル、見たことありますか？　まあ、あたしもないけどねっ」

きさつけた男の人と女の人が、立ちどまってにっこりした。

「その透明《とうめい》なサルは、いま何をしてるんだい？」男の人がたずねた。

「じつはいま、休憩中《きゅうけいちゅう》なんです。だけど、五分後にもどってきてくれれば、見え……ませんね」

ふたりは笑った。うん、上でき。あたしは満足した。しかも、ふたりは空《あ》き缶《かん》に、一ドル札を入れてくれた。ジングルズだったら丸一時間はたらいてやっとかせげるくらいだろうな。

露店《ろてん》でサングラスを売ってる女の人が近づいてきて、缶《かん》に一ドル入れてくれて、あたしににっこりした。「手を出せば、握手《あくしゅ》してくれるのかしら？」

あたしはそっこうで返事をした。「じつはこの子、握手《シェイク・ハンド》はしないんです。かわりに自分の手をふります。ほら、いまだってふってます」

まわりにいた数人が笑った。だんだん人が集まってきた。

こんなにうまくいくなんて、信じられない。どんどん一ドルが集まって、じょうだんもどんどん口から出た。人があたしと透明《とうめい》なサルのまわりを半円形にとりかこんでる。あたしとこのサル、なかなか優秀《ゆうしゅう》なチームだ。

「透明《とうめい》なサルをペットにしてていちばんたいへんなことは？」質問《しつもん》する人がいた。

「歯をみがいたっていう自己申告《じこしんこく》を信じなきゃいけないことです」

みんなげらげら笑い、また女の人がひとり近づいてきて、缶《かん》に一ドルを入れた。

そのとき、たてじまのシャツにポークパイハットのあのおじいさんが、集まった人のあいだからずんずん割《わ》りこんできた。ジングルズを抱《だ》っこして、かんかんに怒《おこ》ってる。

「どういうつもりだ？」おじいさんはわめいた。「このモールに、サルは一匹《ぴき》でじゅうぶんだ！」

あたしは返事を思いつけなかったけど、集まった人のうちひとりがいった。

「おいおい、じいさん、この子は人に迷惑《めいわく》はかけてないじゃないか」

「迷惑《めいわく》かけてない？　じょうだんじゃない！　この子の透明《とうめい》なサルとちがって、うちのサルには食費がかかってるんだ！　そして、オレにもかかってる！」

いままでこのおじいさんは、すごくやさしそうに見えた。その人がこんなに怒《おこ》るなんて、胸《むね》が痛《いた》くなった。

おじいさんは、自分のひざの前あたりをしっしっと払《はら》った。

「ここから出てけ、透明《とうめい》ザルめ！　さっさとうせろ！」

何人か笑ったけど、もんくをいう人のほうが多かった。

するとおじいさんは、手を頭に当ててめまいがするみたいにふらついた。だれかが手を貸《か》してあげて、プランターのふちにすわらせる。ジングルズがキーッとわめいた。

あたしはスケートボードをつかんで走った。看板《かんばん》と、透明《とうめい》なサルと、もらったお金がぜんぶ入った缶《かん》を置いたまま。

これにて、あたしの透明《とうめい》ザル作戦は終了《しゅうりょう》。あれ以来、あのおじいさんにもジングルズにも会ってない。あのあと、お金がなくて食べられなくなってたらどうしよう。だったら、あたしの責任《せきにん》だ。

4

まだ朝のうちに、アリゾナ州ウィリアムズ・ジャンクション駅に着いた。パームスプリングスで最初の列車に乗ってから二十四時間以上たったけど、まだ先は長い。

ここで下車する人もいて、バスに乗ってまたべつの列車に乗って、グランド・キャニオンに行くらしい。ふーん、ヒマな人もいるもんだな。地面にあいた穴《あな》を見るためだけに列車に乗るなんてそうとう時間をもてあましてる証拠《しょうこ》ってこと、気づいてもいないんだろう。

おしゃべりなおばあさんが、編《あ》みものをしながら、ずっとあたしと話すチャンスをうかがってる。あたしは展望《てんぼう》ラウンジのテーブルにすわって、食べもののことは考えないようにしてた。

「クッキーいかが？　朝食にぴったりとはいえないけれど、意外といけるわよ」

「いいえ、けっこうです」

とっさに、ことわらなきゃよかったと思った。お腹《なか》がすきすぎて、頭がはたらかないし、イライラしてくる。

そのうえ、とりとめのない考えばっかり浮《う》かんでくる。この列車は三千キロかそこら、線路の上を走ってて、そうやって列車が動いてるあいだ、乗ってる人たちも列車のまんなか、線路の上にある通路を行ったり来たり、のぼったりおりたりしてる。その通路をどんどん行くと、客車をいくつも通りぬけ、展望《てんぼう》ラウンジに出る。ラウンジの両側にはテーブルと窓《まど》のほうを向いて並《なら》んだいすがある。その先は食堂車で、テーブルがほかのとこより豪華《ごうか》だ。そして通路をさらに行くと、たぶん寝台車《しんだいしゃ》なんだけど、普通車《ふつうしゃ》の客は入れないようになってる。

で、あたしがこの短い一本の線上を、つまり列車のなかを行ったり来たりしてるとき、列車も列車で長い線の上を走ってる。行き先はシカゴで、そこでの新しい生活を、だれもがあたしにとってベストだと思ってる。あたしがどう思ってるかは、一回もきかれてないけど。

あたしは、スポンジ・ボブの時計を見つめた。こわれたままだけど。日の出ごろにはアリゾナ州フラッグスタッフ駅に着いてるはずだったのに、あの酔《よ》っぱらいオヤジのばか騒《さわ》ぎのせいでかなり遅《おく》れてる。

「目的地に着くのが待ち遠しい？」おばあさんがたずねた。

あたしは首を横にふった。「遅《おく》れるのがイヤなだけです」じっさいは、シカゴに行ったらどんなものが食べられるかなって考えてるところだ。だけど、まだずっと先のことだ。

「前もいったけど、列車に乗ってるときは時間を気にしないことね」ドロシアが、通りがかりにいった。

「インフラがガタガタだ」ドーナツをくれたひげのおじさんがいう。「またどこかで遅《おく》れるのは避《さ》けられないいな」おじさんがカルロスという名前だってことは、編《あ》みものをしてるおばあさんに自己紹介《じこしょうかい》してるときにきいた。おばあさんの名前はドット。名前は短いのに、おしゃべりは長い。しかも、たくさんしゃべる割《わり》にはほとんど内容《ないよう》がない。あたしたちはみんなでひとつのテーブルの前にすわってた。なんか、列車に乗ると、みんなやけにフレンドリーになるみたいだ。

「インフラがガタガタってどういう意味？」あたしはたずねた。

カルロスがにっこりする。「何もかもくずれ去っていくっていう意味だよ」

あたしは思わず眉《まゆ》をひそめた。

「カルロス、悲しませるようなことをいうもんじゃないわ」ドットがいう。

「でも、たしかにいうとおりだし」あたしは窓《まど》の外のアリゾナの景色をながめた。ここじゃ、何もかもがどうかしてるように見える。ヘンな絵で有名な絵本作家ドクター・スースの絵本から飛びだしてきたみたいだ。植物も岩も、とくに砂漠《さばく》のなかだと、海底から出てきたみたいに見える。わざとヘンなふうに描《か》いた絵って感じ。

「ドットは、どこまで行くんです？」カルロスがたずねる。

「カンザスシティの妹のところよ。レシピをもちよってつくってみるのが楽しみ。この前なんか、マヨネーズケーキのレシピを教えてもらって、どんなにまずいかと思ったら、これがおいしくてたまげたわ。まずそうって感じたのは、わたしがたいてい冷蔵庫《れいぞうこ》にマヨネーズがわりにドレッシングを入れてるからね。だってそりゃあ、ドレッシングでケーキなんてまずいに決まってるでしょう？　あと妹が、ウエハースのプディングもサプライズでつくってくれたんだけど、もうおいしいのなんのって。今回は、ぜんぶ妹に料理は任《まか》せようかしら！　もちろん、リウマチが少しだけ悪化してるみたいだから、ちょっとは手伝わなきゃいけないでしょうけど」

カルロスのほうを見ると、こっちを見てこっそり笑ってから、ドットにたずねた。

「どうしてわざわざ列車で？」

列車のなかでは、ひんぱんに出る質問《しつもん》だ。つまり、飛行機がこわいの？　って意味。だけどだれも、そういうふうにはきかない。うう、またドットが長ったらしい話を始めちゃう。あたしはカルロスに向かって目をまん丸くして、そんな質問《しつもん》しないでよとうったえた。

ドットはにっこりして、窓《まど》の外を見た。「景色がゆっくり流れていくのが好きなの。

人に会うのも好き。そんなにいそいでどこかに行こうとしてるわけではないって気づいたから、列車の旅を楽しもうと思って」

「あたし、飛行機はこわくないです」ふたりとも、あたしを見てにっこりした。はいはいわかってますよ、というふうに。

お腹《なか》がぐうっと鳴った。さっきのクッキー、もらっとけばよかったな。ローラ先生に、あたしは女の人をなかなか信用できなくなってるっていわれた。だけど、ローラ先生のことは信用してる。あたしのめんどうを見るのを回避《かいひ》しようとしなかった、たったひとりの女の人だ。

「あたし、プロのマジシャンなんだ」あたしはいった。

「ほんとうに？」カルロスがいう。

「うん。お誕生日《たんじょうび》とかユダヤ教のバト・ミツヴァのお祝いとか、その手のパーティーでマジックするの。見たい？」

「もちろん」

「一ドルいただきます。マジックに使うから、お札でお願いします」

カルロスはからだをひねっておしりのポケットからおさいふをとりだした。そして、ぴんとした五ドル札をくれた。

「クリップ、ふたつもってる？」

カルロスは眉《まゆ》をくいっとあげただけだったけど、ドットがハンドバッグのなかをさぐりはじめた。

「たぶんあるわよ。あらっ、どうしてこんなものが？　だれか、古いガムいる？」

あたしはうなずいた。ドットはあたしにガムをわたすと、またさがしはじめる。あたしがほとんど味のしないガムをかんでると、ドットはハンドバッグの底にあったがらくたを、テーブルの上にばらばらっと置いた。アスピリン、指ぬき、一セントやら五セントやら十セントやらのコイン、なんかのくじ、安全ピン。で、クリップが三つ。ドットはくじを手にとって、抽選日《ちゅうせんび》のあたりをまじまじと見てる。

「いいですか？」あたしは、クリップの上で指を動かした。

「もちろん」

「では、びっくりマジックを始めます。お札を三つ折りにして、Ｚの形にします。それから、クリップをふたつ、はめます。最初のクリップで手前の二枚《まい》をとめて、もうひとつのクリップでうしろの二枚《まい》をとめます。こんなふうに」カルロスはにこにこして楽しんでる。「さて、ここからです。これからこの五ドル札のはしっこを引っぱると、なんとクリップがつながって、お札もやぶけません」

「うまくいかなかったら？」ドットがたずねる。

「そうしたら、クリップはつながらなくて、お札はやぶけちゃう」

「やぶけたら返ってくるのかな？」カルロスがたずねる。

「やぶけたこと、一度もないから。あたし、魔法《まほう》が使えるの。さてと、まばたきしてたら、見逃《みのが》しちゃいますよ。あたしはこれから目を閉《と》じて、あっち側の世界にいるマジシャンの力を借ります」

「死んだマジシャン？」ドットがたずねて、おおこわい、みたいな顔をつくる。

あたしはにっこりした。「目を閉《と》じるのは、よくクリップが飛んできて顔に当たるからってのもあります。さて、ワン、ツー、スリー」

洗濯《せんたく》ものをふったときみたいに紙がピシッという音を立てて、クリップがカチンとつながるはずだった。だけどじっさいは、五ドル札がやぶけて、クリップはテーブルに落ちて、カチカチという小さな音を立てた。すると、カルロスが笑う声がした。

「カルロスったら」ドットがたしなめる。

あたしはふたつに裂《さ》けた五ドル札をテーブルの上に置いた。「失礼します」そういって、立ちあがる。

たぶん一ドルじゃなくて五ドルだったから、調子がくるっちゃったんだ。失敗してる余裕《よゆう》なんてないのに。これから行く場所では、本にのってるマジックみたいなあらゆる技《わざ》が必要になるだろうから。

通路を歩いて、連結部を通ってとなりの車両に入っていく。ドアは、タッチパネルを押《お》すとすーっとひらいて、二、三歩でつぎのタッチパネルを押《お》すと、またドアがひらいてとなりの客車に行ける。客車のあいだのスペースはやかましいし、歩きにくい。その先の階段《かいだん》をおりて下の階に行き、トイレのひとつに入った。せまくてください。時間がたつにつれて、どんどんくさくなってくる。

手を洗《あら》って、鏡を見つめた。なんか、生まれてから一度も寝《ね》てないみたいな顔。あとは、瞳《ひとみ》がグリーンで、そばかすがある。たいくつそうな顔。髪《かみ》の色をキャンディみたいな明るいグリーンに染《そ》めても、たいくつそう。おばあちゃんはほんとうなら、髪《かみ》をグリーンに染《そ》めるのも、自分でパンクロッカーふうにカットするのも、ぜったいゆるしてくれなかったはずだ。だけど、ほとんど目が見えてなかったし、家のなかもうす暗くしてたから、気づいてなかった。

大人はよくいう。まあ、美人ね。もっとにこにこしていればいいのに。幸せそうな顔をしていたらかわいいわよ。おばあちゃんからは一度も、笑えなんていわれたことない。おばあちゃんがあたしのことを美人だと思ってたかどうかは知らないけど、幸せになってほしいとか願うほどお気楽じゃなかった。人はみんな幸せになる権利《けんり》があるなんて信じてなかったし、とうぜんあたしのことも幸せになれるとか考えてなかった。

たまに、わざとブスになって内面とつりあうようにしようかと思うことがある。そうすればもう、にこにこしろなんていわれなくてすむ。

おしっこしようかと思ったけど、汚《きたな》いトイレを見て、やっぱりやめた。また手を洗《あら》って、トイレを出る。

自分の席を通りすぎるとき、バッグと、重たくて小さい黒い箱がまだちゃんとあるか確認《かくにん》した。なくなりっこないし、ほしがる人がいるとも思えないけど、いちおう。それから展望《てんぼう》ラウンジにもどって、カルロスとドットに目であいさつしてから、階段《かいだん》をおりた。

「やっ、ライダー」ニールがいう。

あたしは顔をあげてニールを見た。あ、そうか、いたんだ、みたいに。「えっと、ごめんなさい、なんて名前だったたっけ？」

「ニールだよ」ニールがにっこりする。

「ニール」あたしはくりかえした。「こんにちは、ニール、忘《わす》れないようにするね」

ニールの名前は、会ってからずっと頭からはなれたことがない。だけど、それを知らせる必要もない。

「まだお腹《なか》すかない？」ニールがたずねる。

「あ、それがいま、食堂車で大量の朝ごはんを食べてきたとこなんだ」

「そっか。おいしかった？」

あたしは、お菓子《かし》のカウンターに指を走らせた。「まあまあ」

「その髪《かみ》、かっこいいね」

あたしは髪《かみ》をさわって、耳にかけた。「ありがとう」

「きみくらいのとき、ぼくは髪《かみ》をブルーに染《そ》めてた」

あたしはニールのほうを向いた。思わず笑《え》みがこぼれる。「ほんと？」

「ああ。きみのみたいにきれいには染《そ》まらなかったけど」

「先に脱色《だっしょく》して、そのあとで色をのせるの」

オレンジを買う人がいて、ニールがお会計をする。「あのときあんなことしたのは、両親にムカついてたからだろうな」

あたしは目をそらして、フルーツを見つめた。オレンジを三つ手にとって、ジャグリングを始める。やり方を覚えたのは、たぶん、七歳《さい》くらいのとき。

「うまいね」

声をかけられたとたん、手がすべってオレンジが床《ゆか》に落ちた。列車の揺《ゆ》れに合わせて転がっていこうとするのを、あたしは拾った。

「練習不足だね」あたしはいった。

「それ、もっていっていいよ。練習すれば時間もつぶせる」

「ほんと？　ありがとう」

「いいえ、こちらこそありがとう。楽しませてくれて」

あたしはオレンジをひとつ、鼻先に近づけて、においをかいだ。心臓《しんぞう》がばくばくする。

「じゃ、練習してこようっと」

ニールは帽子《ぼうし》をちょこっとかたむけてあいさつした。「またいつでもおいで。きみの顔を見てると幸せな気分になるよ」

あたしはにっこりしたけど、目に涙《なみだ》がたまってきたので、あわてて回れ右をして階段《かいだん》をかけあがり、おりてくるおじいさんをもう少しでつきとばしそうになった。

たまに、かなうことのない願いで心をいっぱいにしないと、息をするのも、足を一歩出すのも苦しくなることがある。いまのかなわない願いは、あたしにお父さんがいて、名前はニールだったらいいのに、ってこと。

席にもどると、ドロシアがいなかったからラッキーと思った。食べるところを見られずにすむ。ふるえる指で、オレンジの皮をむく。甘《あま》くてジューシーだし、うつくしい天使がくれた食べものだ。

三つとも食べおわると、手のにおいをかいだ。さっき感じてた幸せがそっこうでよみがえってくる香《かお》り。皮をパーカーのポケットにつっこんで、窓《まど》の外をながめながら、両手で口と鼻をおおって、香《かお》りを吸《す》いこみ、しばらくからだのなかにとどめてから、ふーっと吐《は》いた。

うとうとして、オレンジの夢《ゆめ》を見た。あと、おばあちゃんの夢《ゆめ》。おばあちゃんのトレーラーハウスはたまに、窓《まど》の外にあるオレンジの花のにおいが入ってきた。あたしは夢《ゆめ》のなかで、パームスプリングスでスケートボードに乗ってた。冬の夕暮《ゆうぐ》れで、どんどん暗くなってきてる。おばあちゃんがあたしの名前を呼《よ》ぶ声がしたけど、いそいで帰ると、おばあちゃんはいない。どこをさがしてもいないし、ものがぜんぶダンボールに入ってる。たばこのにおいも消えてて、かわりにオレンジの花の香《かお》りがした。

目がさめて、スポンジ・ボブの時計を見る。やっぱりまだ、こわれてる。アリゾナ州フラッグスタッフ駅に着いた。新しいお客が乗ってくる。またお腹《なか》がすいてきた。

おばあちゃんはよく、最高においしいパンケーキを焼いてくれた。鉄のフライパンにバターをひとかけら落として、溶《と》かしてるあいだに卵《たまご》を割《わ》って生地《きじ》を混《ま》ぜあわせる。そして、フライパンに注ぎこむ。じっと見つめてると、泡《あわ》がふつふつ出てきて、そうなると引っくりかえすタイミングだ。あたしはいつも手伝おうとしたけど、おばあちゃんは土のなかに埋《う》められないうちは自分がやるといった。で、土のなかに埋《う》められたころには、ずっと見てたんだからつくり方を覚えてるはずだって。

春が来てずいぶんたち、トレーラーハウスのキッチンの窓《まど》の外にあるオレンジの花が散ってしまったあと、あたしは朝食におばあちゃんがパンケーキを焼いてくれるのをながめてた。生地《きじ》を鉄のフライパンに流しこむ。シューシューいって、おいしそうな湯気が鼻先にただよってきた。

「ここから先は、自分でやっていいよ。少し横になるから」おばあちゃんがいった。おばあちゃんはへらを置いて、ベッドにのろのろと向かった。あたしはへらを手にとって、じっと生地《きじ》を見つめた。この先のやり方なら、何度も見てる。泡《あわ》が生地《きじ》のはしっこに出てきたけど、まんなかまで広がるのを待った。ちゃんとかたまるのを待たないで、フライパンに生地《きじ》が残っちゃったら、もうぜったいちゃんとくっつかない。だから、念のために十秒よぶんに待った。それからへらを生地《きじ》の下に差しこんで、もちあげると、思いきってさっと引っくりかえした。

表はむらなくきれいな焼き色がついてるし、まだ半生《はんなま》の裏面《うらめん》は、アツアツのフライパンで着々と焼かれてる。

カンペキ。

裏返《うらがえ》すと、泡《あわ》はぶつぶつ出てこないので、まんなかあたりがねばねばしなくなるのを待った。パンケーキはフライパンのなかでふくらんでる。それからお皿にのせて、二枚《まい》目《め》の生地《きじ》をフライパンに注ぎこんだ。その前に、新しいバターをフライパンで溶《と》かすのを忘《わす》れない。おばあちゃんの秘密《ひみつ》のコツだ。サラダ油じゃなくて、バターを使う。

焼きあがると、あたしは冷たいミルクをコップに注いでテーブルの前にすわった。ほかほかで、こんがり焼けてて、ちょうどいい量のバターとメープルシロップがかかってる。めちゃくちゃおいしい。うまく焼けたって、おばあちゃんに報告《ほうこく》しようかな。でもやっぱり、生意気だって思われたくないから、控《ひか》えめにいっとこう。

食べおえると、お皿とフォークを洗《あら》って、水切りラックに入れた。

トレーラーハウスのなかは、しんとしてた。ガラスのドアのむこうに、シュヴァリエが日なたで寝《ね》てるのが見える。

おばあちゃんの部屋に行って、ドアのところで声をかけた。

「おばあちゃん？」

肩《かた》の力がふいにぬけた。あたしはゆっくりとベッドに近づいていき、横にひざをついてのぞきこんだ。おばあちゃんは目をあけてるけど何も見えてないし、口はぽかっとあいてる。おばあちゃんが着てる〝ゴッド・ブレス・アメリカ〟のロゴ入りガウンをしばらく見つめる。息、してる？　ううん、まったく動いてない。

あたしは目を閉《と》じて、そのままぺたんとすわった。すーっと深く息を吸《す》いこんで、しばらく息を止める。そして吐《は》く。しばらくくりかえしてたら、ぜんぶに向きあう心の準《じゅん》備《び》ができた。

まず、おばあちゃんの目と口を閉《と》じた。それから顔にかかってる髪《かみ》をくしで払《はら》って、もつれた髪《かみ》をとかしてたら、白い髪《かみ》がつやつやしてきた。タオルをぬらして口元をふいて、しかめっ面《つら》もふきとった。

それから、汚《よご》れたしわくちゃの足を上掛《うわが》けでくるみ、ぐんにゃりしてる両手を胸《むね》の前で組ませ、こめかみにキスをした。

おばあちゃんは、あたしのママじゃない。愛想《あいそ》のない年寄《としよ》りで、あたしに下着を買ってくれたり、パンケーキの焼き方を教えてくれたりした。あたしを生かしてくれた。ママじゃないけど、あたしはおばあちゃんのからだに、ほんとうだったらママにもしてあげたかったことをした。ただ逃《に》げだすんじゃなくて。

シュヴァリエの水用ボウルに水を入れて、となりのレスとレイのところに行った。ふたりはあたしをぎゅっと抱《だ》きしめて、九一一番に通報《つうほう》した。そのあといっしょにおばあちゃんのトレーラーハウスにもどって、あたしは荷物をとってきて、ふたりのとこで暮《く》らした。けど、ずっといっしょにはいられなかった。

あたしはため息をついて、視線《しせん》を前の席の背《せ》もたれから、窓《まど》の外のマツの木にうつした。景色を見つめて、思い出を心の外に押《お》しやる。

これから行くとこにも、鉄のフライパン、あるかな。パンケーキをつくるのに必要なもの、ぜんぶそろってるかな。

新しいお客を乗せおわると、ドロシアがようすを見にもどってきた。

「気分はどう？」ドロシアがたずねる。

「まあまあです」あたしはいった。ドロシアと話してると、ついつい昔のしゃべり方が出てくる。ママはサウスカロライナ生まれで、あたしたちが住んでたのはニューオーリンズだから、たまにママは南部特有の鼻がつまったみたいなていねいな話し方をした。とくに、だれかに何かをたのんでるとき。あたしも、南部の人と話をするときは、そんな感じの声を出すんだろうな。パームスプリングスに二年間住んでたから消えたと思ってたけど、あっさりもどってくる。

こうして列車に乗ってると、自分が正確《せいかく》にはどこの人間なのかわからなくなる。

「つぎの駅のアルバカーキで、いったんおりて足をのばせるわよ」ドロシアがいう。「ちょっとのあいだだけど、そのとき目がさめてて、外の空気が吸《す》いたかったら、知らせてね。いっしょにおりましょう。いい？」

「わかった」

ドロシアはにっこりして、仕事にもどっていった。

フラッグスタッフは、よさそうな場所だ。森のなかにあって、大きな山がいくつもそびえ、頂上《ちょうじょう》には雪が残ってる。もう六月なのに。乗ってきたなかにはハイキング帰りらしい人もいて、そんな感じのにおいがした。汗《あせ》とキャンプファイアのにおい。

それで、思いだした。あたしは立ちあがって、荷物だなにのせたバッグをおろした。なかに、デオドラントスティックが入ってる。ラベンダーの香《かお》りだ。ニューオーリンズのコインランドリーのにおい。あたしは通路を見わたして、だれも来ないのをたしかめてから、シャツのなかに手をつっこんでスティックを塗《ぬ》った。

スティックをもどすとき、日記が目に入った。見なかったことにして、バッグをたなの上の、黒い箱のとなりにもどした。

またすわって、窓《まど》の外をながめる。もう町なかはぬけて、森に入ってる。

日記をつけてたときなら、起きたことをいちいち書く。列車のなかで会った人のことも。いまは、そういうことをする気になれない。一ページ目にママが書いた言葉を見たくないし、自分が書いたものはぜんぶ、目に入るのもイヤだ。とくに、最後に書いた言葉。だから、ママにもらったバッグのなかに日記を入れっぱなしにしてる。ハートと花《はな》柄《がら》のバッグ。

ぱっと立ちあがって、通路をかけていき、客車をぬけて展望《てんぼう》ラウンジに出た。新顔でいっぱいで、みんなトランプをしてる。あたしは階段《かいだん》をおりて、売店に向かった。すると、ベルベットのロープがはってあって、札がぶら下がってた。クローズの札だ。

あたしは、きょろきょろした。ブロンドのドレッドヘアの日に焼けた男の人が、床《ゆか》に置いたバックパックに寄《よ》りかかって眠《ねむ》ってる。

あたしはいそいで階段《かいだん》をあがり、展望《てんぼう》ラウンジをぬけて通路を歩いて自分の車両にもどった。ドロシアが乗客と話をしてる。息がぜいぜいしてるのがわかる。

「あら、どうしたの、だいじょうぶ？」

「うん」

「シュッシュ、いる？」

吸入器《きゅうにゅうき》のことをシュッシュっていわれると、イラッとする。あたしは首を横にふった。

「お腹《なか》すいた？」

「ううん……あ、えっと、うん」

ドロシアはにっこりした。ああ、そういうことね、みたいに。「ニールは休憩中《きゅうけいちゅう》なの。だけど、三十分くらいでもどってくるわよ」

「あ、そうなんだ。ありがとう」ほっとした。そっか、あたし、ニールがもうこの列車にいないのかって心配だったんだ。乗務員《じょうむいん》はたまに交替《こうたい》するから、フラッグスタッフでおりちゃったんじゃないかとこわくなったんだ。

「だけど、お腹《なか》すいてるなら、その前に何かもってきてあげられるわよ」

「ううん。あ、っていうか、うん。お願い。ありがとう」

「どういたしまして。すわってて。すぐもどるから」

あたしは席にすわった。気分がよくなってくる。ふだんは、自分が何を感じてるか、意識《いしき》しないようにしてる。気持ちをそらすのはすっかりうまくなったし。社会福祉局《しゃかいふくしきょく》の人からもらったお金をロサンゼルスのユニオン駅でお菓子《かし》を買って使いきって以来、めちゃくちゃお腹《なか》がすいてるせいで、ほかのことをごちゃごちゃ考えなくてすんでた。だけど、めちゃくちゃお腹《なか》がすいてるからって、ほかの気持ちが消えてくれるわけじゃない。で、けっきょくまた、いままで習得してきた方法で気持ちをそらすことになった。

その方法のうちのひとつが、好きな本。あたしはその本をバッグからとりだした。そんなに長い本じゃなくて、この列車で時間をつぶすには短すぎるし、目新しさもない。たぶん、本の形をしたお守りみたいなものだ。『太陽はかがやいている』っていうタイトルで、やたらしめっぽい。だけど、気持ちをそらす効《き》き目《め》はある。ほんとのところ暗記しちゃってるけど、とにかくひらいて読みはじめた。詩みたいな文だ。

太陽はかがやき、星たちはきらめく
太陽はすぐそこ、星たちははるか遠く

きらめくのはわたしの心、きらめくのはわたしの瞳《ひとみ》
行く手を照らし、空をいろどる

小さい本だから、大きめのポケットならすっぽり入る。しょっちゅうもち歩いてたから、角のところが丸くなってる。子守歌《こもりうた》みたいに感じるときもあるし、信じたい大うそみたいに感じるときもある。

暗記してるから、ほんとうは読む必要もない。だけど、文字の形が好きだし、それをページの上で見るのがいい。

「ナッツは好き?」ドロシアがとなりに腰《こし》をおろした。アーモンドとクルミとペカンナッツの袋《ふくろ》を手にもってる。

あたしは本を閉《と》じてうなずいた。「ありがとう」袋《ふくろ》を両手で受けとると、力まかせにあけたので、ナッツが袋《ふくろ》から飛びだしてひざの上にぽろぽろっとこぼれた。ドロシアはくすくす笑って席を立った。

ナッツを食べて『太陽はかがやいている』を読んで、満たされた。本に書いてあるう

そも信じる。そうする必要があるから。救いがどうしてもほしいときはうそでも信じるって、あたしはあたし自身とそう決めてる。

はっきりわかってるわけじゃないけど……でも、もしかして、うそじゃないのかも。もしかして、太陽はどこかでかがやいてるのかも。


フラッグスタッフとニューメキシコ州間で、木がどんどんまばらになって、そのうちなくなった。黄色っぽい草地が一面に広がり、たまに低い崖《がけ》と浅い峡谷《きょうこく》がある。木は、雨水の通り道にぽつぽつと生えてるだけだ。

列車はときに、いまは通行止めになってる国道六十六号線に沿《そ》って進む。まだ国道が新しかったころからある有名な建物がいくつか見える。ネイティブアメリカンのテント小屋に似《に》せたモーテルとか。こういうのはぜんぶ、展望《てんぼう》ラウンジにもどったときにカルロスが教えてくれた。

カルロスとあたしはクロスワードパズルをやってる。ドットも編《あ》みものをしながら手伝ってる。

「労働者階級。十一文字。最初の文字はｐ」

あたしは声を出さずにくちびるだけ動かして、文字数をテーブルの下で指で数えた。

「Proletariat《プロレタリアート》」

「おお、どこでそんな言葉を覚えたんだ？」カルロスはえんぴつでパズルのマスをトントンする。「たしかに。ぴったりはまる」カルロスは単語を書きこんだ。ドットがにっこりして、うんうんとうなずく。

ママがよく、昔通ってた大学の教科書を読んでくれた。子どもの本を買うお金がなかったから。だから小さいときから『共産党宣言《きょうさんとうせんげん》』なんてのも知ってた。そのうち、ママがドラッグにはまったせいでお金にこまりはじめ、教科書も売っちゃったから、本は一冊《さつ》もなくなった。

「つぎのヒントは、ベージュ色の冒険家《ぼうけんか》」カルロスがとがったえんぴつをかまえて、にっこりした。

ドットが顔をあげて紙をのぞきこんでくる。「えっ？　なんて？」

カルロスは、あたしのうしろに目をやってうなずいた。ふりかえって見ると、四人のボーイスカウトがふたつ先のテーブルにすわってる。あたしはすぐに視線《しせん》をクロスワードにもどしたけど、ちらっと見た感じでは、どの男の子もあたしとおなじくらいの年で、ベージュの制服《せいふく》を思い思いに着くずしてる。なかにひとり、かっこいい子がいた。

「さっきのは、パズルのヒントじゃない」カルロスがいう。「ライダーに知らせたくてね。監視《かんし》の目を逃《のが》れた不良少年たちが偵察《ていさつ》しているよってね」

「え？　どういう意味？」あたしはたずねたけど、ちゃんとわかってた。

「あなたに目をつけてるってことよ」ドットがいう。

あたしは、あきれたというふうに目玉をぐるんとさせた。「きっと、この髪《かみ》をバカにしてるんでしょ」

カルロスとドットが、顔を見合わせる。

「うーん、若《わか》さだねえ」カルロスがいった。「うーん」も「若《わか》さだねえ」も、意味がわからない言葉じゃないけど、くっつけられると意味不明。

クロスワードをやりおえて自分の席にもどろうと思い、ドアのタッチパネルを押《お》して展望《てんぼう》ラウンジを出ると、車両と車両のあいだにさっきのボーイスカウトがひとり、立ってた。うす茶色の髪《かみ》がおでこにかかってて、何やらたくらんでるみたいな笑《え》みを浮《う》かべ、小さいギターを手にもってる。どう考えても、じゃまで通れない。

「やあ」その子がいう。

「通してくれる?」あたしは、すりぬけようとした。

その子は、まったく動かない。「トランプのブラックジャック、やらない?」

「さあ。やったことないし」

「あとでちょっとやろうって話になってるんだ。消灯の前に。せっかくだから金を少しかけたほうがおもしろいかなって」

お金はたしかに魅力的《みりょくてき》だ。だけど、いま、もってないし。

「お金、もってきてないの」

「かまわないよ。二、三ドル貸《か》してあげるから」その子があたしの目にかかった髪《かみ》に触《ふ》れてきたので、あたしはギクッとした。「どっちにしても、こっちが勝ってとりもどしちゃうだろうけどね」

ふん、どうだか。「どこで？　いつ？」

「展望《てんぼう》ラウンジ。日が沈《しず》んだあと。九時ってとこかな」

「勝手に髪《かみ》をさわんないで」

「じゃ、あとで」その子はいって、ぶらぶら歩いていった。

あたしはよろよろしながらやっととなりの車両にうつり、自分の席にもどった。ムカムカしながらどすんとすわる。それから立って、ハートと花柄《はながら》のバッグをたなからおろして、チェリー味のリップクリームをとりだした。くちびるに塗《ぬ》って、目の前の席の背《せ》もたれをじっと見つめる。

あいつからお金を勝ちとってやるなら、ブラックジャックのやり方を覚えなくちゃ。

5

展望《てんぼう》ラウンジにもどって、売店におりていった。ニールがもどってて、営業再開《えいぎょうさいかい》してる。

食べものを目に入れないようにしてるのに、ついつい見ちゃう。

「やあ、ライダー。何か目新しいニュースは？」

「ハイ、ニック」

「ニールだよ」ニールはにっこりした。

「あ、ごめん、ニール。あとでブラックジャックやるんだけど、やったことないから、教えてくれる人いないかなと思って」

「ん？　それって、当ててみていい？　ぼくの子どものころの記憶《きおく》をたよりに推測《すいそく》してよけりゃ、もしかしてベージュの制服《せいふく》を着た少年たちに誘《さそ》われた？」

「うん」

ニールはふふんと笑いながら首をふった。「そっか、ぼくも専門分野《せんもんぶんや》じゃないけど、一般論《いっぱんろん》としていわせてもらうと、十六以上になったら〝ステイ〟だな」

「何それ？」

ニールは、ブラックジャックについて知ってることを説明してくれた。まず、全員にカードが二枚《まい》ずつ、一枚《まい》は表向き、二枚目《まいめ》は裏向《うらむ》きに配られるとか、カードの合計点数が二十一に近いほうが勝ちでただし二十一を超《こ》えたらダメとか、エースは一と十一のどっちか好きなほうでカウントできる。で、十六以上になったら〝ステイ〟、つまり追加のカードをもらうのはやめたほうがいいとか。頭がごちゃごちゃになったけど、ニールが重要ポイントをいらないレシートの裏《うら》に書いてくれた。

「ありがとう」

「グッドラック。それから、忘《わす》れちゃいけないのは、ツイてるなんて思わないこと。勝利の公式に従《したが》うんだ」

「ツイてるなんて思うな。公式に従《したが》え。了解《りょうかい》」

あたしは自分の席にすわって、窓《まど》の外に一面に広がるうす黄色の草をながめながら、ブラックジャックのルールのことを考えた。こういうのってふつう、お父さんが娘《むすめ》に教えてくれるものなのかな。あたしにもお父さんがいたら、ブラックジャックやらポーカーやら、ビンゴ以外のカードゲームのやり方をとっくに知ってたのかも。ビンゴを教えてくれるのって、どう考えてもおばあちゃんだ。

ボーイスカウト主催《しゅさい》のくだらないカードゲームで、公式に従《したが》ってひとり勝ちするところを想像《そうぞう》してみる。だけど、だんだん思考がさまよいだして、気づいたらパームスプリングスでローラ先生のカウンセリング室に最後に行ったときのことを考えてた。男の子についての話をした。学校が終わる前の週だったけど、あたしにとっては最終日だった。

いつものように、あたしがうす暗いカウンセリング室でソファーのまんなかにすわり、ローラ先生が向かいの背《せ》もたれの高いいすにすわった。

「気分はどう？」先生がたずねる。精神科医《せいしんかい》ってのはたいてい、こっちがいいたくないことをしゃべらせようとする。

「サイコー」あたしは答えた。

先生は笑わなかった。「さみしくなるわ」

あたしは腕組《うでぐ》みをした。「頭のおかしい子なら、ほかにいくらでもいるからだいじょうぶだよ」

「おばあちゃんのことは、気持ちの整理がついた？」

「黄色いノートは？　あれがないと、あたしのこと、報告《ほうこく》できないんじゃないの？」

先生はため息をついた。「あとで書くわ。ねえ、話して。おばあちゃんのことはどんなふうに……」

「おばあちゃん、先生がきらいだった。あたしが先生に会うのをいやがってた」

先生は背筋《せすじ》をぴんとして、スカートのしわをのばした。美人だし、いつもきちんとしてる。「どうしてそう思うの？」

「先生の名前のこと、医者っぽくないっていってた。だらしない女みたいって」

先生はにこっとした。「前にもいってたわね。だけど、わたしがほんものの精神科医《せいしんかい》だってことはわかってくれてるとして、どうしておばあちゃんがわたしに会わせたがってなかったと思うの？」

「頭のおかしい孫娘《まごむすめ》がいる人だって思われちゃうから」

「おばあちゃんがそういっていたの？」

あたしは、ふふんっと笑った。「見ればわかるでしょ。あたし、おばあちゃんの自慢《じまん》の孫娘《まごむすめ》ってタイプじゃない。優等生《ゆうとうせい》でもない。スポーツも得意じゃない。美人でもない。髪《かみ》はグリーンで、暗くて、友だちもいない」

先生が身を乗りだす。「じゃあ、いまいったことをひとつずつ考えてみましょう。たしかにあなたは優等生《ゆうとうせい》ではないわね。でも、どうして？」

「ちがうもんはちがうから」

「なりたくはない？」

あたしは親指の爪《つめ》をかんだ。「わかんない。なりたいかも」

「努力すればなれると思う？」
先生は答えをじっと待ってたけど、あたしはだまってた。
「イエスって意味ね。じゃあ、つぎはスポーツ。自分がチームを勝利に導《みちび》く夢《ゆめ》を見たりしない？」
「ううん。どうしてみんながスポーツ好きなのか、わかんないし。なんでやたらチーム
に貢献《こうけん》したがるのかも、わかんない」
「わかるわ。だけど、運動神経《うんどうしんけい》はいいでしょう？　スケートボード、うまいじゃない」
「でも、盗《ぬす》まれちゃったし。それに、移動手段《いどうしゅだん》として乗ってただけ」
「あとは、ほら、ボクシング」
あたしは、眉《まゆ》をくいっとつりあげた。「そんなじょうだん、ちっとも笑えない。しか
もボクシングにたとえるなんてありえない」
先生は背《せ》もたれに寄《よ》りかかって足を組んだ。「もちろん、暴力《ぼうりょく》を認《みと》めているわけでは
ないわよ。でもあの場合、人数の差を考えたらしょうがない部分もあると思うの。むこ
うは四人いて、あなたはひとりだったんだもの。ふっかけてきたのも、むこうだし。そ

れに、自分の身を守るためにに立ちむかったのは、いいことだと思うわ」先生はにっこりした。「あなたのファイルにも、そう書いたのよ」

目の奥《おく》が熱くなってくる。「それはどうも」

「つぎに美人ではないっていう件《けん》だけれど、自分をきれいだと思っている十二歳《さい》に会ったことがないから、見逃《みのが》してあげるわ。それから、たしかに髪《かみ》はグリーンだけれど、わたしの勘《かん》ちがいでなければ、生まれつきではなくて自分で決めたんでしょう？」

「そのとおり」

「なんのためにそう決めたのかしら？」

「ママに仕返しするため。あと、おばあちゃんへの当てつけ。まあ、おばあちゃんは目が悪くて気づいてなかったけど」

「そして、髪《かみ》が明るいグリーンで、あなたの明るい肌《はだ》の色とそばかすによく似合《にあ》っているけれど、やっぱりちょっと暗く見えるのはたしかね。だけど、なんといってもあなたは十二歳《さい》だし、わたしくらいの大人よりずっと、たいへんな経験《けいけん》をしてきたんだから」

「そんなの、おばあちゃんには関係ないし」

「でも、あなたには関係あるでしょう？　このままでいいと思っている？　はずむ足どりで歩いたり、ごきげんな鼻歌をうたったりしないままで後悔《こうかい》しない？」

笑いそうになるのをがまんした。「最終日だからって、いいたいことをいいすぎじゃない？」

先生はにっこりして、身を乗りだした。「それから、自分には友だちがいないと思っているようだけれど、だからってあなたに友だちになる価値《かち》がないわけではないわ。たとえばわたしは、精神科医《せいしんかい》としてではなくひとりの人間として、あなたと知りあえて人生が豊《ゆた》かになった」先生はめがねをはずして目をぬぐった。「ほんとうよ。この部屋に来た生徒全員にいっていることじゃないわ」

なんていったらいいのか、わからない。タイミングよく三時のベルが鳴って救われた。

先生はまた背《せ》もたれに寄《よ》りかかって、いった。「最後にひとつだけ、男の子の話をさせてちょうだい」

「バカばっかり」

「ええ、たぶんね。でもきっと、そう遠くない将来《しょうらい》、あなたも男の子か、とにかくだれかしら、あなたを好きだっていってくる人に出会うときが来るわ。もしかしたら、口先だけかもしれないけれど。だけど、そういう人からの愛とかほめ言葉とかが、うれしくてたまらなくなるはずよ」

「どうかな」

「自分は愛されていて、魅力的《みりょくてき》で、とくべつで、たいせつな存在《そんざい》。そんなふうに感じさせられたら、そんな気持ちはまず疑《うたが》ってかかりなさい」

「なんか、ヒドイいいようだね」

先生は立ちあがって、こっちに近づいてきた。「そういう気持ちには気をつけて。自分から自然とそう感じられるのを待つの。自分で自分を愛しなさい」

先生は手を差しだして、あたしを立たせた。「なりたい自分になるよう努力して。そして自分を愛するの。それができてはじめて、自分の気持ちや他人の意思を、心から信用できるようになるの」

先生の目は見られなかった。先生は手をはなさない。あたしの肩《かた》に腕《うで》をまわしてきた。

「ハグはしちゃいけないんだよ」そういう決まりだと知ってる。カウンセリングのパンフレットに書いてあった。

あたしは先生の手から逃《のが》れて、部屋をそっと出て、永遠《えいえん》に学校にさよならした。


スピーカーから放送が流れてきて、いちばん早い時間帯にランチの予約をした人に食堂車に来るようにいってる。返事みたいにお腹《なか》がぐーっと鳴った。

あとでボーイスカウトに勝ってお金が手に入ると思うと、わくわくする。だけど、いまはなんの足しにもならない。お腹《なか》がぺこぺこだ。

展望《てんぼう》ラウンジまで歩いていくと、あちこちでみんな何かしら食べてるし、食堂車からはあったかい料理のにおいがただよってくる。

用事があって来たように見せたくて、あたしはラックから時刻表《じこくひょう》をとった。路線図と各駅の到着時間《とうちゃくじかん》がのってる。あたしは広げて、じっくり見た。そして、ラックの時刻表《じこくひょう》をぜんぶごそっととった。

展望《てんぼう》ラウンジを出て、客車に入っていく。通路を歩きながら、勇気をふりしぼった。

中年の女の人が顔をあげて、にっこりする。

「時刻表《じこくひょう》、いかがですか？　五十セントです」

おばさんはビックリした顔をして、とまどった。そして、おさいふから一ドルをとりだした。

「おつり、ないんです」

「おつりはいいわ」

あたしは、ちょこっと頭を下げた。「ありがとうございます。もし見方がわからなかったらいつでもどうぞ」

「ええ」

「たとえば、ある方向の到着《とうちゃく》時刻《じこく》を調べるときは、上から下に向かって見なきゃいけないし、その逆方向《ぎゃくほうこう》は下から上です」

「わかったわ」

「あと、時差にも気をつけないと。ただし、アリゾナ州はサマータイムを実施《じっし》してないので注意してください」

おばさんがイラつきはじめたっぽいので、あたしはその場をはなれた。心臓《しんぞう》がばくばくいってる。通路をどんどん歩いて、だれかに気づかれるのを待った。つぎに視線《しせん》が合ったのは、濃《こ》い色の髪《かみ》をした男の人だ。

「こんにちは。時刻表《じこくひょう》、いかがですか？　五十セントです」

「ケ？　何？」

あたしは時刻表《じこくひょう》をもちあげた。「時刻表《じこくひょう》です」

「ああ」

「ケ」っていう言葉からしても、アクセントからしても、スペイン語圏《けん》の人だ。男の人は時刻表《じこくひょう》に手をのばした。

「グラシアス。ありがとう」

あたしはにこにこしながら待った。男の人は、あたしがまだいることにも気づいてない。

「五十セントです」

「ケ？」

「五十セント、お願いします」

「ほかのお客さまからお金を借りてはダメよ」

ドロシアが来た。

「借りてない。時刻表《じこくひょう》を売って……」口にしてすぐ思った。怒《おこ》られるに決まってる。

「アムトラックが無料で配ってる時刻表《じこくひょう》を売るなんて、してはいけないの」

「だけど、時刻表《じこくひょう》の見方とかいろいろ、価値《かち》をつけられないほど貴重《きちょう》な情報提供《じょうほうていきょう》もしてるから。ほら、けっこうわかりにくいし」

ドロシアは腰《こし》に手を当てて立ってる。顔が怒《おこ》ってる。ドロシアならその気になれば、逃《に》げ道《みち》をからだでふさげる。通りぬけるなんてムリだ。

話題をかえてみよう。「価値《かち》をつけられないって、どうして価値《かち》があるって意味になるのかな。なんか、価値《かち》がないみたいにきこえる」

「早くお金を返しなさい」

「まだもらってない。その話をしてるとき、来ちゃったから」

ドロシアは男の人にスペイン語で何やらいった。男の人はやれやれと首をふった。ドロシアがまたこっちを見つめる。

「ほかにお金をもらった人は？」

あたしはうつむいた。「ひとりだけ」

ドロシアは時刻表《じこくひょう》を買ってくれたおばさんのところまでついてきて、あたしが一ドルを返すのをじっと見てた。おばさんはあたしに、うっすらほほ笑《え》んだ。

ドロシアはまだ気がすまないみたいだ。「あやまりなさい」

「いつからお母さんになったの？」いったとたん、後悔《こうかい》した。いまのあたしには、お母さんらしき人はドロシアしかいない。だけど、ドロシアはムッとした顔をするかわりに、悲しそうな顔をした。「ごめんなさい」あたしはつぶやいた。

あたしのママもたぶん、あやまれっていうだろう。そばにいればの話だけど。


少しして、あたしは展望《てんぼう》ラウンジをうろうろしてた。お腹《なか》がぺこぺこだ。ドロシアにずっと監視《かんし》されてるから、お金をかせぐのは不可能《ふかのう》だ。だんだんやけになってきた。背《せ》の高いボール紙のゴミ箱の前を通ったとき、ソフトプレッツェルのかけらが目に入った。紙皿の上にのっかってる。

心臓《しんぞう》のドキドキがはやくなる。下の階におりて、マスタードをふた袋《ふくろ》とマヨネーズを五袋《ふくろ》とナプキンをひとつかみ、もらった。また階段《かいだん》をあがり、ナプキンを一枚《まい》くしゃっともってゴミ箱のなかに手を入れてナプキンを落とし、拾うついでみたいにプレッツェルをつかんだ。

展望《てんぼう》ラウンジにいる全員に見られてるような気がする。こういうことをしたのは、これがはじめてじゃない。六歳《さい》のころ、ママはチキンとワッフルのお店ではたらいてて、ベビーシッターを雇《やと》うお金がないから、店にあたしを連れていってた。あたしはその辺で遊んでたけど、そのときたまに、帰ったお客さんの残りものをもらってた。いかにも〝中古〟って感じはしたけど、あんまりおいしそうでがまんできなかった。

プレッツェルを手に、いそいで自分の席にもどる。

プレッツェルは半分も残ってない。この列車にはいろんな人が乗ってるけど、これに口をつけたのはきっと、たとえばカルロスみたいに清潔《せいけつ》な感じの人だ。うん、そうに決まってる。だけどけっきょく、直接歯《ちょくせつ》でかじられた部分はちぎった。

マヨネーズとマスタードをしぼるとき、手がふるえた。プレッツェルはいまいちやわらかくないし、マスタードのつけすぎでむせる。

人生最悪の食事だ。味を感じないように、幼稚園《ようちえん》のときに教わったお祈《いの》りをする。天にましますわれらの神よ、食べものを与《あた》えてくださってありがとうございます。

そっこうのみこむ。さっさと忘《わす》れよう。つぎの食事はこれよりマシに思えるはずだ。

6

展望《てんぼう》ラウンジにもどってきて、夕日が沈《しず》むのをながめた。ロサンゼルスを出発してから丸一日がたつ。そしてたぶん、〝中古〟プレッツェル事件《じけん》から一時間。マスタードの味がうっすら口のなかに残ってて、おえーってなる。

アムトラックのツアーガイドをしてる男の人が、マイクを手に、窓《まど》から見えるものを説明してる。そこにいるのはのろまな畜牛《ちくぎゅう》でロングホーンという種です、とか。いま走ってるのは、ニューメキシコ州のラミーだ。小さい町で、西部開拓時代《せいぶかいたくじだい》だったら西部《せいぶ》劇《げき》のヒーロー、ビリー・ザ・キッドがかくれてそうな場所だ。

ツアーガイドがいうには、一八八〇年、ラミーの人たちは魚みたいな形をした気球が上空に浮《う》かんでるのを見たそうだ。乗ってる人たちは知らない言葉でうたったり叫《さけ》んだり笑ったりしてた。すると、その人たちが見たことない形をしたカップに結びつけた手紙とバラを上から落とした。手紙の文字は、アジアのどっかの国のものだったらしい。

ツアーガイドはどんどんしゃべってちがう話題にうつっていったけど、あたしは魚の形の気球のことをずっと考えてた。それって、はるばる中国から飛んできたのかな。どこに行くつもりだったんだろう。何がおもしろくて笑ってたんだろう。もしあたしが一八八〇年に中国から気球で旅してきて、小さな町のいなか道にカウボーイがいるのを見たら、やっぱり笑っちゃうだろうな。

手紙にはなんて書いてあったのかな。手紙もカップも買った人がいて残ってないらしいから、なんて書いてあったのかはわかんない。でも想像《そうぞう》だと、こんな感じ。

下界にいるみなさまへ
砂《すな》ぼこりが舞《ま》う小さい町を見て笑っていますが、悪気はありません。魚の形をした気球で太平洋をわたって飛んできたところです。わたしたちは、ヌードルスープを食べ、この手紙につけたようなカップでお茶をのみます。では、ごきげんよう。耳のうしろを洗《あら》うのをお忘《わす》れなく。

心をこめて

空飛ぶ魚に乗る友より

魚の形をした気球でアジアからはるばる飛んでくるなんて、ものすごくヘンな感じだったろうな。それを地上から見上げてたニューメキシコ州ラミーの人たちも、ヘンなのって思っただろうな。考えたことを日記に書いておこうと思って、思いだした。もう日記をつけるのはやめたんだった。

カルロスはつけてるみたいだ。テーブルの向かいにすわって、自分の日記帳をとりだした。

「何を書いてるの?」

カルロスが顔をあげる。「日記とか、気づいたこととか。詩も書く」

「ほんとに？」

カルロスがペンを置く。「ああ。詩は好き？」

「いまいち理解《りかい》できてない、かな」

「現代絵画《げんだいかいが》みたいな感じで？」

どうだろう。「そんな感じ」

カルロスはコーヒーをひと口のんで、顔をしかめた。

「まずいの？」

「冷《さ》めている。で、現代絵画《げんだいかいが》だけど、回りくどい感じがするんだろう？」

「たぶん」

「べつになんの絵かわからなくてもいい、みたいな感じかな」

「そう」

「だが、たまにながめたくならないか？　抽象画《ちゅうしょうが》の前に立って、圧倒《あっとう》されたくなるだろう？」

そういえば、小さいときにママとニューオーリンズの美術館《びじゅつかん》に行ったことがある。ママに手を引かれて、大きな絵の前をつぎつぎ歩いていった。目をまん丸くして、興味《きょうみ》しんしんで、じっと見てたのを覚えてる。「うん」

「詩に使われている言葉が、あまりなじみのないものだとしても、自分や自分の読解力《どっかいりょく》に問題があると思わなくていい。あれは、言葉で描《か》かれた抽象画《ちゅうしょうが》なんだ。わかる気がするときもあれば、しないときもある」

あたしはまだ、あの美術館《びじゅつかん》の絵のことを考えてた。ヴァイオリンとびんがテーブルにのってる絵だけど、テーブルの上のヴァイオリンとびんを見てるんじゃないみたいだった。ママが美術館《びじゅつかん》に連れていってくれるのは入館料が無料の日だけ。それでも行くだけで、自分がときにうつくしいことができる種の生きものなんだって思えた。たとえ、うつくしく泣くくらいしかできなくても。

「いままで見たことがないものを見せてくれる」どうしてそんなことをいったのか、わからない。どこからそんな言葉が出てきたのかも。

でもその言葉は、カルロスをとても幸せにしたらしい。「そのとおりだ」カルロスはいった。

あたしは展望《てんぼう》ラウンジを出た。お腹《なか》がすいてるせいで音がやたらうるさく感じられるし、食べもののいろんなにおいが鼻についてどうにかなりそうだから。

自分の席にすわって、窓《まど》の外を見た。

エダツノレイヨウが五頭、見える。集まって、列車が通りすぎるのをながめてる。牛はよく列車が来ると逃《に》げるけど、シカや、ああいうレイヨウは、めずらしそうにじっとながめてる。

レイヨウは短い角に短いしっぽをしてて、全体的に小さい。そんなに背《せ》が高くない黄色い草のなかに立ってるのを見てるうちに、草の高さに合わせて背《せ》が低くなったのかなって気がしてきた。草より背《せ》が高いと天敵《てんてき》から身をかくせないから。

ってことは、レイヨウって頭いいんだな。

あたりはうす暗い。窓《まど》の外の景色がラベンダー色にかわっていき、あたしはうとうとしはじめた。

パームスプリングスで、おばあちゃんといっしょにビンゴの集《つど》いに参加してる夢《ゆめ》を見た。じっさいにあったことで、たまにそのまま夢《ゆめ》に見る。現実《げんじつ》に起きたことをどうして夢《ゆめ》に見るのかはわからない。しかも、何度もおなじ夢《ゆめ》を見る。なんか、何度もおなじ科目で落第してるみたいな感じだ。まあ、ビンゴで落第はしないけど。

おばあちゃんは、ビンゴが大好きだった。ふつうは、四角いマスに数字が書いてあるシートを使うんだけど、あの集《つど》いでは、数字のかわりにリンゴとか犬とか、わかりやすい絵がのってた。お年寄《としよ》りばっかで、こんでるときなんか百人くらい集まる。プレハブ住宅《じゅうたく》がひしめいてるあの地域《ちいき》では、まああわくわくするイベントといったらそれくらいしかなかった。

あの夜、あたしはずらっと並《なら》んだ長テーブルのひとつの前にすわってた。左側におばあちゃん、右側にウォルターっていうおじいさんがいた。ウォルターの奥《おく》さんのベティが、そのとなりにいた。

髪《かみ》をムラサキに染《そ》めた司会のおばあさんが、マイクに向かっていう。「さて、みなさん、お楽しみの準備《じゅんび》はいいですか？」わいわいと楽しそうな返事がいくつか返ってくる。ウォルターが、何やらぶつぶついって、あたりを見まわす。

「ルールはおわかりですね？　優勝者《ゆうしょうしゃ》は、参加費の総額《そうがく》の半分を賞金として手にします。今夜は、四十ドルほどでしょう！」

おばあちゃんのほうを見ると、くちびるをなめてた。どうせ、勝ったらメンソールのたばこをカートンで買おうともくろんでるんだろう。テーブルの下のおばあちゃんのバッグのなかにいるシュヴァリエもおなじ考えらしく、わんわん吠《ほ》えたあと、すわってぶるぶるしてた。

司会のおばあさんが、カードの束から一枚目《まいめ》をぬく。「さあ、一枚目《まいめ》は、月です。月ってどんなか、みなさん覚えてますか？」

もごもご返事をする人たちがいる。

「あそこ！」ひとりのおばあさんが、天井《てんじょう》を指さす。「空に浮《う》かんでるものよ！」

歯のないおじいさんが、うたいだす。「ピカピカ、ピカピカ、満月かがやく……」

ウォルターがこっちを見た。おばあちゃんの家のボロいエアコンみたいに低くうなってる。

「あっ、ほら、ウォルター、あるじゃないの！」ベティが叫《さけ》ぶ。ピンポンのラケットくらいの大きさの虫めがねをもってる。「ほら、メンドリのすぐとなり！　見えないの？」

あたしは、自分のシートをながめた。どまんなかに、月が光りかがやいてる。あたしは当たりの印用の赤いシールを一枚《まい》とって、枠《わく》のなかにはりつけた。

司会のおばあさんが、またカードを引く。「つぎの絵は、犬です！　わんわん！　ワンちゃん、ありましたか？」

あった。下段《げだん》の左側にかわいいダルメシアン。

ウォルターがテーブルの下をのぞく。ワンちゃんはここかな、みたいに。

「ちょっと、ウォルター、そこじゃなくて、自分のシート！」ベティが叫《さけ》ぶ。「わたしだって二枚《まい》いっぺんになんて、見てらんないわ！」

「今夜はめちゃくちゃツイてるよ」おばあちゃんがあたしをつついた。正確《せいかく》にいえばまだ夜じゃない。冬だけど、日が沈《しず》むのはまだずいぶん先だ。でもお年寄《としよ》りって、あたしの知ってるかぎり、寝《ね》るのが早いから。

「つぎの絵は……花です。花といえば、恋人《こいびと》からのプレゼントですね」

「そうそう！」おばあちゃんが叫《さけ》ぶ。

「このシート、汚《よご》れてて見えないわ！　とりかえてちょうだい！」ベティが叫《さけ》ぶ。

ウォルターは、シールを一枚《まい》、舌《した》の上にのっけてる。

「キャンディじゃないのよ！」ベティが、あわててぱっととる。

「つぎの絵は、カップです。すみませーん、カップにコーヒーのおかわりをくださーい！」

あった。シートの右上にあるカップから湯気があがってる。

おばあちゃんは首を横にふりながら、さがしてる。

ベティが、もうっ！　という。うわ、こわい目。虫めがねのむこうで大きくふくらんで見える。「ウォルター、あんたって、しょうがないわね」

あたしはウォルターのほうを見た。カジキの柄《がら》の水色のシャツを着てる。これってベティの趣味《しゅみ》かな。それとも、もっとしゃきっとしてたころに自分で選んだのかな。人生のある時期に、カジキを大好きになったのかも。

「いすです」ムラサキの髪《かみ》のおばあさんはいった。そんなふうに、どんどんつづいた。

ベティはずっとウォルターをどなってる。むこうのほうでおもらし事件《じけん》が起きて、ちょっとだけ騒《さわ》ぎになった。だけど、おばあちゃんをはじめとする筋金入《すじがねい》りのビンゴ好きは、自分のシートから顔もあげない。

「えんぴつ」

「サル」

ビンゴだ。あたしはシールをはって、あたりを見まわした。そして、自分のシートをウォルターの前にすーっと置いて、ウォルターのシートを自分のほうにずらした。

「ビンゴ！」あたしは叫《さけ》んだ。みんながこっちを見る。「ウォルターがビンゴです！」

ベティは、うそばっかりという目でウォルターを見つめた。「まちがいなんで、ほっといてください。この人、勝手にシールをぜんぶはっちゃって。食べちゃダメっていわれたもんだから」ベティは、会場にいる全員がきこえるように大声でいった。

「まあ、いちおうシートをチェックしてみましょう」ムラサキの髪《かみ》のおばあさんは、ココロつきのいすにすわって、そのままダーッとこっちにすべってきた。とちゅうで何《なん》個《こ》か、ほかのいすにぶち当たる。それから、ウォルターのシートにはってあったシールをぜんぶはがしてから、これまでに読みあげたカードの束と照合しながらまたはっていった。

「優勝者決定《ゆうしょうしゃけってい》！」ムラサキの髪《かみ》のおばあさんは叫《さけ》んで、ポケットから紙吹雪《かみふぶき》をひとつかみ出して、ウォルターの頭の上にふらせた。

「ぜんぜん見てもいなかったのに」ベティがぶつぶついう。

ウォルターは、紙吹雪《かみふぶき》がふってきたのをきょとんとした顔でながめてた。

よかった。ウォルターにいいことがあって。ずいぶんおじいさんだし、紙吹雪《かみふぶき》がふってくるなんて人生でこれが最後だろうから。人生の終わりに、盛《も》りあがったんじゃないかな。

7

　ぱっと目がさめて、スポンジ・ボブの時計を見たけど、やっぱりこわれてる。一瞬《いっしゅん》、ここはどこ？　って感じになった。紙吹雪《かみふぶき》も舞《ま》ってなければ、ウォルターもおばあちゃんもいない。ずいぶん寝《ね》てた気がする。となりの席にドロシアもいないので、あたしは通路に出てみた。

　ペンギン車掌《しゃしょう》が、こっちに歩いてくる。

「いま、何時かわかりますか？」

　ペンギン車掌《しゃしょう》は古くさい懐中時計《かいちゅうどけい》をもってて、見せびらかしたがってるから、時間をきかれてうれしそうだ。

「もちろんだよ、お嬢《じょう》さん。ちょうど、ニューメキシコ州をぬけて、コロラド州に入るところだ。畜牛《ちくぎゅう》の輸《ゆ》送《そう》列《れっ》車《しゃ》が通りすぎたら、また動きだすよ」そういってチェーンを引っぱって時計をポケットからとりだすと、大げさなしぐさでパチンとふたをひらいた。

「時間は、九時三分前。ニューメキシコでもコロラドでもかわらない」

ってことは、ボーイスカウトたちとブラックジャックをする時間だ。あたしはお礼をいって、展望《てんぼう》ラウンジのほうにいそいで行き、歩くペースをゆるめてから、なかに入った。三人のボーイスカウトがテーブルの前にすわってる。あたしは、ほかのお客さんから借りた雑誌《ざっし》をもって、そのまま通りすぎた。

「あっ、おい！　待った、トランプやってかないのか？」

あたしは立ちどまって、ふりかえった。「あ、そっか。うん、まあ」ころっと忘《わす》れてたみたいなフリをした。ほんとうは一日じゅう、この子たちからお金をごっそり勝ちとろうともくろんでたのに。さっきせまい連結部であたしを通せんぼした男の子がテーブルの片側《かたがわ》にひとりですわってたので、あたしはそのとなりにすわるしかなかった。「で、なんのゲームやるんだっけ？」

「ブラックジャック」その子がいった。「えっと、オレはケーレブだ。で、そっちがいつも汗《あせ》くさいスティンキー、そっちがテンダーチャンクス」

「あたし、ライダー」あたしは、みんなにうなずいてみせた。

ケーレブが二十五セント硬貨《こうか》を二ドルぶん、あたしのほうによこした。「かけ金は、ひとゲームにつき二十五セントだ」

「わかった」

「どうしてドッグフードみたいなあだ名で呼《よ》ばれてるか、知りたくない？」テンダーチャンクスがきく。

「べつに」

スティンキーが吹《ふ》きだす。ケーレブが笑う。

ケーレブがカードを切って、配った。あたしの持ち札はジャックで、表向きの札は七。

スティンキーは二。テンダーチャンクスはクイーンだ。

ケーレブの表向きの札はエースで、持ち札を見てニヤニヤしてる。「いますぐオレに金をわたしてくれてかまわないぜ。スティンキー、追加の札はいるか？」

「とーぜん」

ケーレブが配ったのは十で、スティンキーは、不満そうな声を出した。もともとの持ち札を表にする。キングなので、そこに十と二を足すと二十一を超《こ》えるから、負けが決定だ。

「テンダーチャンクス、おまえは？」

テンダーチャンクスは、ケーレブのエースの札を見つめた。「わかってるんだぞ。二十一なんだな？」

「いうわけないだろ。札、いるのか、いらないのか？」

テンダーチャンクスは顔をしかめてうなずいた。ケーレブがわたした札は七。テンダーチャンクスはくやしそうにののしって、持ち札を表向きにした。

「二十だったのに、札を追加したのか？」ケーレブが、得意そうに笑う。

「だって、おまえ、二十一なんだろ？」

ケーレブがあたしのほうを向いた。「ライダー。スイート・リトル・ライダー。見えてる札は七。さあ、追加するか？」

あたしは首を横にふった。「ううん、いらない」

ケーレブは、バカなんじゃないかみたいな顔であたしを見つめた。「マジか？　オレ、エースもってるんだぞ？」

「いらない」

「へえ、そうか。わかってると思うけど、表向きの札がエースの場合、合計二十一の可《か》能性《のうせい》はかなり高い。だってほら、絵札はぜんぶ十として扱《あつか》うから十はぜんぶで十六枚《まい》ある。九が四枚《まい》、八が四枚《まい》、七が四枚《まい》……」

「七はあたしが一枚《まい》もってる」

「札、数えてるのか？」

あたしは首を横にふった。

ケーレブは、また得意そうに笑った。すぐ顔に出ちゃうタイプだ。「ツイてるとでも思ってるんだろ？」

「ぜんぜんツイてる気なんかしない」

「そうか」ケーレブは、持ち札を表にするフリをしたけど、しなかった。オレンジソーダをごくっとひと口のむ。「もう一枚《まい》もらおうかな」そういって、自分に配った札は二だった。ほしい札じゃなかったらしい。さらにもう一枚《まい》。キングだ。くちびるを動かして、声を出さずに数えてる。あたしのほうを見て、もう一枚《まい》、札をとった。十。くやしそうな声を出す。合計二十五で負けだ。ケーレブは、あたしの持ち札を表向きにした。

「マジかよ！　信じらんねえ、十七で勝ちやがった！」

こんな感じで、ゲームは一時間つづいた。ケーレブがお金を使いはたしたので、あたしは借りた二ドルをいったん返した。ケーレブはその二ドルも負けて、スティンキーからお金を借り、それもあっという間に負けた。

スモーキー・ベアみたいにつばの広い帽子《ぼうし》をかぶってベージュの制服《せいふく》を着たボーイスカウトのリーダーが、ラウンジに入ってきた。うしろから、ラッパをもったまじめくさった顔をしたブロンドの男の子がついてくる。

「よし、諸君《しょくん》、〝タップス〟の時間だ」リーダーがきっぱりいう。

「タップダンスでも習うの？」あたしはニヤニヤした。

「いいや」スティンキーが答える。「〝タップス〟ってのは、ラッパで吹《ふ》く消灯の曲で、そのあとは騒《さわ》いじゃいけないんだ」

「ま、知ってるけどね。からかっただけ」あたしは立ちあがって、スペースをあけた。

ケーレブはあたしのうしろを通ろうとしながら、小さい声でいった。「〝タップス〟のあと、預《あず》けた荷物置き場で落ちあわないか？　ギターをひいてやるよ。オレの歌声で落ちない女の子はいない」

「あたしは例外。やめとく。売店に行って、このお金、ぜんぶ使う予定だから。バカ食いしてやるの」

ケーレブは、がっかりした顔をした。向きをかえて、ほかのふたりのあとを追ってラウンジを出ていく。

「でも、誘《さそ》ってくれてありがとう」あたしはうしろから声をかけた。ドアがひらいて、閉《と》じて、すぐに暗いラッパの音がきこえてきた。

階段《かいだん》のほうに向かうと、ドロシアがいて、前に立ちはだかった。

ハッピーって顔じゃない。

「ねえ、わたしにいわなきゃいけないことがあるんじゃない？」

あたしは一瞬《いっしゅん》だまってから、いった。「うん。おやすみ！」

ドロシアが腕組《うでぐ》みをする。「あなたがボーイスカウトたちとお金をかけてトランプしてたってきいたの。ほんとのお金をかけて」

「ほんと～？」

ドロシアはにこりともしない。「列車内でギャンブルは禁止《きんし》よ。法律違反《ほうりついはん》なの。州際《しゅうさい》通商法《つうしょうほう》と賭博規制法《とばくきせいほう》と、あとほかにもあると思うけど」

「でも、せっかく勝ったのに……」

「返しなさい」

えーっ。あたしはがっかりした。ドロシアといると、ずっとこんなことばっかりだ。がっかりさせられっぱなし。

「イジワルばっかいわないでよ」

「イジワルしたいんじゃないわ。ただ、まちがったことをしてほしくないだけ。ギャンブルを甘《あま》く見ちゃダメよ。わたしのおじさんのルーファスなんか、給料をギャンブルにつぎこんで結婚生活《けっこんせいかつ》が破《は》たんしたのよ」

「ルーファス？　それって、犬？」

ドロシアは首を横にふった。「いいから、お金をわたしなさい。わたしから、元の持ち主に返しておくから」ドロシアは手のひらを上にして差しだした。

やれやれ。あたしはため息をついて、ジーンズのポケットに三回手をつっこんで、二十五セント硬貨《こうか》をぜんぶ出した。ドロシアが、すごいわねみたいな顔をする。

「気が進まないけど報告書《ほうこくしょ》を書かなきゃいけないわ」ドロシアはいって、のろのろ歩いていった。

あたしは階段《かいだん》をそっとおりて、売店に行った。ドロシアに失礼なことをいっちゃって悪かったな。ルーファスおじさんのこと、犬かなんてきいちゃって。

「ね、ネイト、まだあいてる？」

ニールがにっこりする。「ニールだよ。いや、もう閉《し》めたけど、きみのためならあけるよ」

「ほんと？」

「ああ。で、どうだった？」

「がっぽり勝ってやった。二十五セント硬貨《こうか》で十ドルぶん」

「金をかけたのか？」

「もちろん！　それ以外に、あんなバカたちを相手にする理由、ないもん」

「そうか。ギャンブルをすすめたくはないけど、まあ、さすがだな」

「教わったとおりだった。公式に従《したが》っただけだよ。ボーイスカウトたちは、注意してもらったとおりのミスをしてた」

「きみの勝利は、人類全体の勝利だ」

「M&M《エムアンドエム》で勝利を祝おうと思って。あと、ベジバーガー。それと、ミネラルウォーター」

「少々お待ちください」ニールはむこうを向いてベジバーガーをレンジに入れると、またこっちを向いた。マヨネーズとマスタードの袋《ふくろ》を手にとる。

「ただ残念なことに、ドロシアにお金を返せっていわれて」

ニールがあたしをじっと見る。「そうなのか？」

「うん。州際通商法《しゅうさいつうしょうほう》やら賭博規制法《とばくきせいほう》やらなんやらに違反《いはん》してるとかいって」

ニールはため息をついた。「たしかにそうだ。ドロシアが何にくわしいって、規則《きそく》だからな」

あたしはうなずいた。「だから、ベジバーガーもM&M《エムアンドエム》も水も買えないんだ」

チン。レンジが鳴る。

ニールの口元に、ほほ笑《え》みらしきものが浮《う》かぶ。「だが、チンしたてのベジバーガーがだれかに食べてもらうのを待ってる」

「きっと、すぐにだれか買いに来るよ。お金もってる人とか？」

ニールはむこうを向いて、レンジからベジバーガーをとりだすと、トレイにのせた。あと、M&M《エムアンドエム》と水も。そして、あたしのほうによこした。

あたしは、胸《むね》に手を当てた。「いいの？　ニールってサイコー」

「いや、サイコーなのはきみだよ。さあ、行った行った。片《かた》づけをしちゃうから。明日また、カンザス州で会おう」

あたしはにっこりした。「つぎはカンザス州なの？」

「ああ。またの名を、ジェイホーカー州。ゲリラってことだよ」

「じゃ、またカンザスで！」あたしは食料をつかんで、階段《かいだん》をかけあがった。

席にもどると、ボール紙のトレイをひざの上にのせて、ベジバーガーをじっくりながめた。ほかほかのパンがパテにくっついてるのを、あたしは少しずつはがした。マスタードとマヨネーズの袋《ふくろ》をあけて、はがしたパンに塗《ぬ》りたくり、また上にのせて、ひと口かじった。そんなヒドイ味じゃないけど、パンははしっこがカチカチだし、パテはゴムみたいでかみきりにくい。なんにしても、いそいで平らげた。

デザートのM&M《エムアンドエム》は、カンペキ。一度にひとつ口に入れて、外側のコーティングをカリカリかじって、チョコレートを舌《した》の上で溶《と》かしながら食べた。

食べながら、またパームスプリングスのことを思いだしてた。ローラ先生が、いってたっけ。女の子というのはたまに、イヤなことがあってむしゃくしゃしてると男の子を利用して解消《かいしょう》するって。たとえば、気を引こうとして、ちやほやされようとしはじめる。そうやって、自分の悩《なや》みを忘《わす》れて、また自信をとりもどす。あのときは、どうかなって思ってたけど、いまひと粒《つぶ》ずつM&M《エムアンドエム》を食べながら、ニールやケーレブのことを考えてみる。舌《した》の上でチョコレートが溶《と》けていく。

チョコレートはおいしい。チョコレートは、男の子とちがって安全だ。

8

ドロシアが、もうすぐコロラド州のラ・フンタに着くといった。そうしたら列車をおりて手足をのばせるって。なかなかそういうチャンスはないから、ちゃんと起きてようと思った。

客車のなかは暗くて、通路の床《ゆか》に目印の小さいライトがついてるだけだ。あとは、頭の上にある読書灯をつけてる人もいる。あたしも、さみしくないように読書灯をつけた。

真っ暗な外をながめてたら、ふいにテンダーチャンクスが通路に立ってるのが窓《まど》に映《うつ》った。あたしは、そっちを向いた。

「やあ」テンダーチャンクスがいう。

「うん。お金、返してもらった？」

「ああ。だけど、ぼくのぶんはきみにまた返そうと思って」

「えっ？　なんで？」

テンダーチャンクスは肩《かた》をすくめた。「あの人がいってることはたしかに正しい。ギャンブルでダメになる人もたしかにいるよ。だけど、そういうのは次回考えればいいことだと思う。全員でやっちゃいけないことをしたのに、どうしてきみだけが罰《ばっ》せられなきゃいけない？　ぼくたちはお金をとりもどして、きみだけ損《そん》するなんて。不公平だよ」

あたしはいわれたことを考えながら、テンダーチャンクスをじっと見つめてた。

「だから、はい」テンダーチャンクスはそういって、二十五セント硬貨《こうか》をたくさん握《にぎ》りしめた手を差しだした。「五ドルある。ぼくから勝ったぶんだ。全員ぶんには足りないけど」

あたしは、テンダーチャンクスの手を、それから腕《うで》を、じっと見つめた。血管が浮《う》きでて、やせてるけど、がっちりしてる。太いロープを何度も結んだり、木を切ったり、ボーイスカウトのヒマつぶしみたいなことを、森のなかでいろいろしてきたんだろうなって感じだ。

「いいから、受けとって」

あたしは両手を丸くしてコインを受けとった。ずっと握《にぎ》られてたからあったかい。

「捜索隊《そうさくたい》が来る前にもどらなきゃ。出すもん出してくるっていってきたから」

「えっ？」

「お手洗《てあら》いに行くってね」

あたしはやれやれと首をふった。「バカみたい」

テンダーチャンクスはにっこりした。そして、回れ右をしてもどっていった。

「ありがとう」声をかけたけど、もういない。

コインを数えると、たしかに五ドルある。たぶん、ニールにわたすべきなんだろうな。アムトラックに、食べたぶんのお金を払《はら》うのが筋《すじ》だ。あのときはお金がなかったけど、いまはあるんだから。だけど、どうせまたすぐにお腹《なか》がすくだろうし。そのときに食べものを買うお金があったほうがいい。

ラ・フンタの町の明かりが、暗い窓《まど》の外に見えてきた。列車がスピードをゆるめて、小さい駅に入っていく。いままでの駅みたいに、古くもないし、豪華《ごうか》でもない。なんだか、パームスプリングスでおばあちゃんが、お葬式《そうしき》に着たワンピースを出しに行ったクリーニング屋さんを思いだす。

ドロシアが来た。「行きましょう。わたしのそばをはなれないで。いい?」

「はーい、りょうかーい」あたしは南部ふうに鼻がつまったみたいな返事をした。

車掌《しゃしょう》がぜんぶのドアの前にプラスチックの黄色いステップをおろす。みんな、ステップをおりてホームに出て、のびをしたり、たばこを吸《す》ったり、ぶらついたりしてる。ここでほんとうに下車する人もいて、荷物をおろしてる。乗ってくる人もいる。

「あそこに女の人たちがいるでしょう? インディアンの女の人」ドロシアがいう。

「気の毒に。あそこにすわって、手づくりのジュエリーを売ってるの。ホームにおりる人が買うんじゃないかって期待して。だけど列車が遅《おく》れて夜になったから、おりる人が少ないのよ。一日じゅう待ってたのに」

あたしは、女の人たちを見つめた。大人も子どももいて、ジュエリーを並《なら》べたブランケットを前に広げて通路にすわってる。「ネイティブアメリカン、だよね」あたしは小さい声でいった。

ドロシアはあたしのほうを見て、そうそう、とうなずいた。「そうね、あなたのいうとおりよ。インディアンなんて呼《よ》び方《かた》、しちゃいけなかったわね」

「見てきてもいい？」

「ええ、いいわよ。まだ二、三分あるから」

あたしは列車のほうをふりかえった。走りだしちゃうのをなんとなく期待して。それからジュエリーを売ってる女の人たちのほうに歩いていった。ドロシアがケータイをチェックしながらついてくる。あたしは左から右へゆっくり移動《いどう》しながら、五、六人の女の人の前を歩いた。それから引きかえして、小さい女の子の前で止まった。たぶん六歳《さい》くらいで、小さいビーズを糸に通したかわいいデザインのブレスレットを売ってる。

「これ、つくったの？」あたしはたずねた。

女の子はお母さんのほうを見上げた。お母さんがきいたことない言葉で何かいう。女の子は、こくりとうなずいた。

「いくら?」

女の子は、指を三本立てた。あたしはしゃがんでじっくり見比《みくら》べてから、ひとつ選んだ。きれいな色のビーズ。アリゾナ州とニューメキシコ州でずっと見てきた赤土色と、南西の空に浮《う》かぶふわふわの雲みたいな白と、何みたいとはいえないけどターコイズの三色だ。

「つけてくれる?」

女の子がお母さんのほうを見上げると、お母さんがそのブレスレットを手にとって、あたしの手首に巻《ま》いてくれた。わあ、かわいい。あたしが女の子ににっこりすると、むこうもにっこりした。だけど、つかれた顔をしてる。あたしはコインを五ドルぶん、ブレスレットをしてないほうの手でポケットからとりだして、ぜんぶその子にわたした。女の子はコインを数えて、二ドル返してよこそうとしたけど、いいのといった。その子は知らない言葉で何やらいって、お母さんを見上げた。お母さんがにっこりする。

「あなたの髪《かみ》の毛《け》、ステキだっていってる」

「ありがとう」あたしはいって、顔をあげて女の子を見た。「ありがとう」

この子くらいの年のとき、あたしはお金をかせぐ必要なんかなかった。この子がぐっすり眠《ねむ》れますように。

ラ・フンタでは早くから雨がふってたらしく、空気がいいにおい。ドロシアといっしょにホームを歩きながら、においをすーっとかぐ。あんまりステキで鳥肌《とりはだ》が立つ。パームスプリングスで雨がふったときのにおいを思いだした。ニューオーリンズの雨とはちがうにおいがする。何もかもが新しくて可能性《かのうせい》に満ちてるように思えてくる。あたしはそのにおいをいっぱいに吸《す》いこみながら、列車のいちばんうしろから前まで歩いて、またうしろまで歩いた。

「カンザスシティではもっと長くとまるわ。いつ着くとはいえないけど」ドロシアがいう。

あたしたちは、黄色いステップのほうに歩いていって、列車に乗った。ちょっとうきうきしてる。あの女の子に二ドルよぶんにあげられて、よかったな。

ニールの姿《すがた》が見えたので、あたしはいった。「ほら、見て」腕《うで》を出して、ブレスレットを見せる。ふと、もってないはずのお金で買ったんだっけと思いだして、腕《うで》をぱっとうしろにかくした。

ニールはあたしを見てにっこりした。そして、ニールもたばこをうしろにかくした。自分がしかめっ面《つら》になってるのがわかる。どうしてみんな、いつも何かしらかくしたり、しちゃいけないことをしたりするんだろう。自分のからだを傷《きず》つけたり、命をちぢめたり、やっちゃダメなことをいろいろ。ニールを愛してる人たちは、たばこで死んじゃうんじゃないかって心配じゃないのかな。あたし、だれかに心配されてるかな。

自分の席にもどると、買ったばかりのブレスレットをながめながら、つくってくれた女の子のことを考えた。こんな遅《おそ》い時間まで家に帰れないなんて、つらいだろうな。でも、お母さんといっしょだから、まだよかった。あたしはしょっちゅう、ほかの人の生活がらくそうだとかたいへんそうだとか、考えてる。とくに、自分をかわいそうと思いたくないときに。

パームスプリングスで、おばあちゃんが死んだあと、レスとレイの家のソファーに寝《ね》かせてもらってた。だけど、ユーニスって名前の近所のおせっかいなおばさんが、ふたりといっしょに暮《く》らしてるのはよくないっていいだして、児童保護《じどうほご》サービスに連絡《れんらく》した。で、あたしはレスとレイと引きはなされて、施設《しせつ》に入れられた。そこにいる子はたいてい、親が刑務所《けいむしょ》に入ってるとかドラッグをやってるとかで、親が出所したりドラッグと手を切ったり、またはもっといい方法が奇跡的《きせきてき》に見つかったりするのを待ってる。

前にもそういう施設《しせつ》に入ってたことがあった。ニューオーリンズにいたころだ。ママが逮捕《たいほ》されたあと、アパートをひとりでうろうろしてるのを近所の人に見られて、何回かそういうのがつづくと、連絡《れんらく》が行って施設《しせつ》に入れられる。そのうち、おばあちゃんがしぶしぶお金を出してくれて、パームスプリングスに送られる。そんなことが二、三回あった。行ったり来たりするたびに、おばあちゃんが、あたしの旅費がいくらかかったかをいってくるのがイヤだった。もどるにはまたお金が必要で、おばあちゃんはそんなの払《はら》いたくないんだけど、あたしがうろちょろしてるよりマシだと思って、ママが刑務《けいむ》所《しょ》から出るとすぐにあたしをバスに乗せた。ママがお金を工面して送ってくるのも待たずに。

そしてとうとうママが死んで、行ったり来たりはおしまいになった。ローラ先生は、パームスプリングスにずっといればクラスメイトともっと仲よくなれるだろうって期待してたけど、そうはならなかった。あたしは、なじめないままだった。

レスとレイから引きはなされて送られた施設《しせつ》は、〝回転草の家〟って名前だった。プレハブ小屋が十個《こ》くらい、なんにもない土の上においてあるだけだったけど、食事はまあまあだし、本やボードゲームがたくさんあった。レスとレイも、会いに来てくれた。あたしがそこにいた二週間、毎日お昼にやってくる。施設《しせつ》の食事よりずっとおいしい食べものとか、キャンディとかをもってきてくれた。

ほとんど毎日、新しい子が入ってきて、かわりにひとりかふたり、たいていは自分の家だけど、とにかくべつの場所に行く。だけどひとりだけ、三年もいる女の子がいた。エスピィって名前で、あたしと同い年だった。しかも生まれた日までいっしょ。

エスピィは、髪《かみ》の色が濃《こ》くて長くて、笑顔がかわいかった。あたしとおなじで本を読むのが好きだったから、よく本の話をした。

エスピィのことを知れば知るほど、好きになった。エスピィのお母さんはドラッグ依《い》存症《そんしょう》で、一度もやめられなかった。エスピィは、お母さんはむかえに来たがってる、といってた。でも、ちょっとのあいだもドラッグをやめられなくて、保護観察《ほごかんさつ》つきの外出も許可《きょか》されないんだ、と。それでもずっと希望を捨《す》てなくて、スーツケースから荷物をぜったいに出さなかった。洗濯《せんたく》した服もかならず、クローゼットにかけたり引き出しに入れたりしないで、きちんとたたんでスーツケースにしまう。お母さんがいつむかえに来てもいいように。だけど、そのまま三年たった。

施設《しせつ》に入って二週間たったころ、シカゴにいる大おじさんがあたしを引きとってくれるという連絡《れんらく》が来た。おばあちゃんのお兄さんで、ほとんどつきあいはなかった。おばあちゃんをさらに年寄《としよ》りにして男にした人といっしょに暮《く》らすことを想像《そうぞう》しても、ぜんぜん胸《むね》がおどったりはしなかった。

施設《しせつ》のみんなは、よかったよかった、いい結果になった、みたいにふるまってたけど、あたしはエスピィといっしょにすごしたり、レスとレイといっしょにお昼を食べたりするほうがよかった。だけど、それはかなわない。レスとレイはつぎの日、きれいにつめたランチにやさしいメッセージを書いたメモを添《そ》えてあらわれて、あたしはバイバイもいえないいまま出ていく。エスピィは、ほどかないスーツケースといっしょに残るんだろう。

客車のなかは真っ暗で、列車の揺《ゆ》れで眠《ねむ》くなってきた。

パパの夢《ゆめ》を見た。というか、夢《ゆめ》に出てくるパパだ。会ったことは一度もない。だけど夢《ゆめ》のなかのパパは、かっこよくて、あごががっちりしてる。かっこうもオシャレで、あたしを見るとにっこりする。現実《げんじつ》では、あたしを見たことは一度もないけど。生まれる前にいなくなったから。あたしの存在《そんざい》さえ知らない。だけど夢《ゆめ》のなかでは、人ごみのなかであたしを見つける。髪《かみ》の色で気づく。で、近づいてきて、ごめんねっていう。あたしはパパのほっぺたをぴしゃりとぶつ。ごめんねなんて言葉じゃすまないから。遅《おそ》すぎるから。あと、目がさめてるときは引っぱたけるほど近くにいたことがないから。

目がさめると、真っ暗だった。車内も、カーテンのむこうの窓《まど》の外も。コロラド州の南東にある小さな町をゆっくり走ってるところだ。明るいライトのなかで白いペンキの背《せ》の高い穀物倉庫《こくもつそうこ》が浮《う》かびあがり、砂《すな》の色をしたコヨーテが一匹《ぴき》、列車が走るのをながめてた。こんなにひとりぼっちの生きもの、見たことがない。ライトの前をすぎると、そのあと通る何もない場所の暗闇《くらやみ》が、よけい真っ暗に見えた。けんかしたあとの沈黙《ちんもく》がよけいしーんとして感じられるみたいに。

ドロシアは、あたしのとなりの通路側で眠《ねむ》ってる。頭がうしろにのけぞって、口があいてる。

寒いから、パーカーのジッパーをいちばん上まであげて、ポケットに両手を入れた。それからちょっとだけドロシアのほうに寄《よ》りかかって、目を閉《と》じた。

9

すっかり目がさえて眠《ねむ》れなかった。ひとりぼっちのコヨーテのこととか、これまでに起きたいろんなことを考えてた。過去《かこ》からつづいてるあたしの年表は、ほかの人たちの過《あやま》ちだとか選択《せんたく》ミスだとかさみしさだとかの一覧表《いちらんひょう》で、そのせいであたしは今夜、この列車のこの席にすわってる。

エアコンのききすぎで寒くて、歯がカチカチ鳴る。約二日前、パームスプリングスで列車に乗ったときからずっと、ジーンズをはいてトーストとジャム柄《がら》のTシャツの上にパーカーをはおってるけど、まだ寒い。

ドロシアの前をすりぬけて通路に出た。上の荷物だなから、またあのうすい本をとりだす。『太陽はかがやいている』だ。本はこれしかもってないし。車両のなかで起きてるのはほんの数人で、パソコンで作業をしたり本を読んだりしてる。あたしは明かりがついてる展望《てんぼう》ラウンジに向かった。

ラウンジでは、窓《まど》に面して並《なら》んでる席と窓《まど》のあいだに寝《ね》そべってる人がふたりいた。ボックス席にすわってテーブルにつっぷして寝《ね》てる人もふたり。あと、本を読んでる人もふたりいた。そのうちひとりが、テンダーチャンクスだ。

「ハイ」あたしは、テンダーチャンクスの向かいにすわった。

テンダーチャンクスは、ボーイスカウトのマニュアルから顔をあげた。「やあ」

あたしが何もいわずにいると、テンダーチャンクスはまたマニュアルを読みはじめた。はじめて気づいたけど、テンダーチャンクスは目の高さがちがう。顔の左右がちょっとずれてて、写真がぶれちゃったときみたい。「それって、しょうもないボーイスカウトのバイブル?」あたしはきいた。

テンダーチャンクスはめがねをはずして、本を閉《と》じた。「ううん。さまざまなシチュエーションでどう行動すべきかについての手引きだよ」

あたしは腕組《うでぐ》みした。「それって、しょうもないボーイスカウトのバイブルってことでしょ」

「どうとでも」

あたしは身を乗りだして、こそこそいった。「立っておしっこする方法とか、書いてあるの？」

テンダーチャンクスは笑った。あたし、バカにするつもりでいったのに。「いいや。のってるのは、火のおこし方や消し方とか、火事になったらどうするかとか、道に迷《まよ》わないためにはとか、迷《まよ》ったらどうやって道を見つけるかとか。その手のことだよ」

「あんたたちって、しょっちゅう助けてもらわなきゃダメなんだね。ついでにさ、そのちゃちなクラブには女子も入れたほうがいいんじゃないの。男性《だんせい》ホルモン過多《かた》だから」

「たしかに」

あたしは口をつぐんで、テンダーチャンクスを見つめた。ビックリだ。「賛成《さんせい》なの？」

「ああ」テンダーチャンクスはあたしをじっと見た。あたりまえ、みたいに。「男ってのはみんな、乱暴《らんぼう》なくせに自分はりっぱな人間です、みたいなフリをしてる気がする。

ぼくは、女子にはかなわないって思ってるけどね」

「へーえ。男子の口からそんなことをきくとは思わなかった」

「男子代表でいってるんじゃない。あくまでもぼくの意見だ」

「じゃあ、なんで男子オンリーのクラブに入ってるの？」

「父さんが入れっていうから。キャンプやらなんやらは好きだけど、男ばっかりの集まりも制服《せいふく》も好きじゃない。っていうか、男子のなかにもいいやつはいるけど、女の子がそばにいてくれないと、すぐ乱暴《らんぼう》で下品になる」

「ふうん」意外。まだビックリがつづいてる。

「食べる？」テンダーチャンクスは、トレイルミックスのナッツ&《アンド》フルーツの袋《ふくろ》をよこした。

「ありがとう」あたしは、ひとつかみとった。「で、どうしてテンダーチャンクスって呼《よ》ばれてるの？」

テンダーチャンクスは声をひそめた。「ケーレブとかデカい連中に、少し前のハイキング中にドッグフードを食わされた」

「なんで？」

「おもしろいってだけだよ。リーダーの犬のドッグフードだ」テンダーチャンクスは、うしろをふりかえった。「おかんむりだったよ」

「犬が？　リーダーが？」

テンダーチャンクスは笑った。「両方」

ありえない。意味不明。「さっきは、自分もおもしろがってるみたいに見えたけど。なんで？」

テンダーチャンクスは、また通路をざっと見わたした。「おもしろがってるみたいにふるまわないと、弱虫だって思われるだろ。ドッグフードを好きで食べてるみたいな顔しなきゃいけないんだ」

あたしは、テンダーチャンクスの斜《なな》めになってる目を見つめた。いじめられてる子犬みたいに悲しい目だ。「イジワルって女子の専門《せんもん》だと思ってた」

「ぼくたち、同盟《どうめい》をつくろう。反イジワル同盟《どうめい》だ」

「あたしたちで?」

「ぼくたちで。あと、会った人みんなを仲間にする。そのうち、全員に広まる」

あたしは笑った。エラそうな笑いに見えてないといいけど。くちびるのはしっこがちょっと引きつってるのがわかる。

テンダーチャンクスは肩《かた》をすくめた。「夢《ゆめ》は大きく、だよね」

パックから本をとりだす。うすい詩集で、作者はアレン・ギンズバーグ。『吠《ほ》える』ってタイトルだ。「人生がかわるかも。ただ、ケーレブには見られないように気をつけて」

「なんで?」

「詩集なんかもってるのを見られたら、ぶん殴《なぐ》られる」

「ふーん、ケーレブっていいやつみたいだね」あたしは詩集をめくった。「ありがとう」

「そっちはなんの本?」

「なんでもない。子どもが読むようなの」

テンダーチャンクスは手をのばして、ページをぱらぱらっとやった。小さい写真が一枚《まい》、落ちる。

「だれ？」テンダーチャンクスは写真を拾って、まじまじと見た。「きみのお母さん？」

あたしはうなずいた。無表情《むひょうじょう》になるのがわかる。

「似《に》てるね」

あたしは、鼻で笑った。「ぜんぜん似《に》てないよ」

テンダーチャンクスは写真をじっと見てから、返してよこした。「そっくりだ」

「はぁ？　どこが？」あたしはハデなグリーンの髪《かみ》をばさっと手にとった。これでも？ってカンジで。

テンダーチャンクスは首を横にふった。「ただの色のちがいじゃないか。ふたごみたいにそっくりだ」

あたしは写真を受けとって、本のページのあいだにもどした。

「勝手にいってれば。ぜんぜん似《に》てないから」

「まあ、そこまでいうなら」

テンダーチャンクスは話をかえようとしてるけど、気がすまない。「あたし、ママみたいになりたくないし」

「わかった」

あたしは、斜《なな》めになった目をじっと見つめた。「その気になったら、いつかママの話をするかも」

「気が向いたらいつでもどうぞ」


テンダーチャンクスがいなくなると、あたしはひとりですわって、『吠《ほ》える』を読んだ。列車は暗い夜のなかを進んでいく。しんと静まりかえってて、音がするのは、いろんな貨物列車とすれちがうときだけ。石油を輸送《ゆそう》する列車やら、屋根のない貨車やら、とにかくいろんなものを運んでる。詩を読んでて、意味がわからないこともある。だけど、なんとなく理解《りかい》できてる気がする。いままで〝モーラック〟なんて名前の神さま、知らなかったけど、ギンズバーグさんが何度も吠《ほ》えるから覚えた。見たこともきいたこともなくても、ちゃんと感じられる。なんだか、ずっとぼんやり感じてきたけどはっきり理解《りかい》はしたことのないものを読んでるような気がする。

眠《ねむ》くて目があけてられなくなると、あたしは自分の席にもどった。うとうとしてると、列車がカタコト揺《ゆ》れて、あたしもカタコト揺《ゆ》れる。

夢《ゆめ》のなかで、あたしは詩人で、自分の名前をRider《ライダー》じゃなくてRydr《ライダー》とつづってた。ギンズバーグさんもたまに、your《ユア》をyr《ユア》とつづってる。ほかにもいろいろ、視野《しや》が広がるような単語や言葉がつづられてる。夢《ゆめ》のなかで、自分の名前をRydr《ライダー》とつづったのが、あたしが書いたはじめての詩のかけらだ。

10

目がさめると、客車のなかが明るくて、列車は走りつづけてた。スポンジ・ボブの時計を見たけど、やっぱりこわれてる。

ドロシアはどこかに行ったきりだ。カーテンをあけると、えんえんとつづくトウモロコシ畑が見えた。土地がなだらかに起伏《きふく》して、一面にトウモロコシが生えてる。

ママはよく、あたしの髪《かみ》をトウモロコシの毛みたいだといってた。トウモロコシをゆでる前に引っこぬくうすい金色のもしゃもしゃだ。ママはあたしの髪《かみ》をいじくるのが好きで、よく指でとかしてた。自分の髪《かみ》もおなじ色なのに、そっちはいじらなかった。

あたしはママに、ママが死んだら天国からあたしを見つけやすいように髪《かみ》をグリーンに染《そ》めるね、といった。天国があるなんて信じてないけど、ママの具合が悪いときは、ママのために信じてるフリをした。死にそうな人に向かって、天国なんか信じてないなんて、いえっこない。ママは、そんな色には染《そ》めないって約束してっていった。だから、染《そ》めないよって答えたけど、けっきょく染《そ》めた。頭に来てたから。ママだって、さんざん約束をやぶってる。放課後むかえに行くわね、とか。もうドラッグなんかやらない、とか。

トウモロコシから目をそらし、立ちあがって、ハートと花柄《はながら》のバッグをおろした。いちおう、グリーンの髪《かみ》をとかす。歯ブラシをもって、下の階の洗面所《せんめんじょ》に向かった。

うわ、ヒドイ顔。鏡に顔を映《うつ》しながら、とりあえず歯をみがく。

ムカつきながら洗面所《せんめんじょ》を出た。来たときより、ムカついてた。ママが約束をやぶったことに、ムカつく。おばあちゃんがケチでイジワルなことに、ムカつく。ふたりとも死んじゃったことに、ムカつく。ニールがたばこを吸《す》ってることにも。だって、たばこのせいで死んだら、あたしのお父さんになれないじゃん。お腹《なか》がすいてることにも、ムカつく。

階段《かいだん》をのぼって展望《てんぼう》ラウンジに行き、下の階の売店に行った。ニールがいて、にっこりしてきた。

「おはよう、ライダー」Rydr《ライダー》っていうつづりで呼《よ》ばれた気がする。

「あ、ディック。コーヒーくれる？」

ニールはあたしの不機嫌《ふきげん》を察したらしく、名前を訂正《ていせい》しなかった。

「コーンフレークもいっしょにどう？」

あたしは顔をしかめた。「これ以上コーンなんか見たら、吐《は》く」いったとたん、もらっとけばよかったと後悔《こうかい》した。

ニールはあたしの前にコーヒーを置いた。

「たばこ、もってる？」あたしはたずねた。

「たばこを吸《す》うにはまだ若《わか》すぎるんじゃないかな？」ニールがいう。

「待ちきれないから。一日ふた箱、吸《す》うつもり」

ニールはカウンターの上に両手をついて、あたしをじっと見つめた。「そんなこといってるのは、きのうの夜、ラ・フンタで停車したとき、ぼくがたばこを吸《す》ってるのを見たから？」

「吸《す》ってたの？　気づかなかった」

ニールはにこっとした。ほんの少しだけ。どうやら、怒《おこ》らせるのに失敗したらしい。

あたしはコーヒーを手にとって、回れ右をして、カウンターをはなれた。そうしながら、ボウルに入ってたオレンジをひとつ、つかんだ。ゆっくり歩いて、オレンジを盗《ぬす》んだことで呼《よ》びとめられるのを待ったけど、何もいわれなかった。階段《かいだん》をあがって、展望《てんぼう》ラウンジに行く。

ひとりでテーブルについた。カルロスがひとつむこうのテーブルで小説を読んでる。

「おはよう」カルロスがいう。

あたしは、にこりともしなかった。テーブルの上からなんとなく、片手《かたて》だけあげる。目は合わせない。

手のなかのオレンジをじっと見る。傷《きず》がついてる。コーヒーのふたをとって、砂糖《さとう》を三袋《ふくろ》、クリームをひと袋《ふくろ》入れてかき混《ま》ぜると、ローラ先生の肌《はだ》の色になった。少し冷《さ》ましてから、ひと口のむ。

「娘《むすめ》が三人いるんだが、きみくらいのころ、朝食のときに目も合わせてくれなかったよ」カルロスがいう。

あたしは窓《まど》の外を見つめた。どうやらカルロスはあたしに、自分はあたしよりずっとものをわかってるといってるらしい。または、その手のことはさんざん見てきてるから、あたしのことや、あたしくらいの年の子のことは、みんなわかってるっていいたいんだろう。「いい子たちだね」あたしはいった。

カルロスのほうは見なかったけど、声で笑ってるのがわかる。「皮肉をいいたい気分なんだね」

一瞬《いっしゅん》、考えてから、首を横にふった。カルロスのやさしい顔は見たくない。「オレンジに傷《きず》がついてる」あたしは立ちあがって、テーブルをはなれた。

下の階に行く。傷《きず》のついたオレンジがあった場所だ。ニールの目を見ないで、オレンジをぐっと差しだした。「このオレンジ、傷《きず》がついてる」

「盗《ぬす》んだオレンジに？　そうか、逃亡中《とうぼうちゅう》に傷《きず》ついちゃったんじゃないか？」

あたしは腕《うで》をだらんとおろして、床《ゆか》をじっと見つめた。「盗《ぬす》んでごめん。頭に来てたから」

ニールは、カウンターのうしろにあるスツールに腰《こし》かけた。「ぼくがたばこを吸《す》ってたから？」

こくりとうなずく。

「自分でも腹立《はらだ》たしいよ。たばこなんか吸《す》いはじめなきゃよかったと思う。やめようとしても、二、三時間たつと、頭がたばこのことでいっぱいになる」

「ほんとに？」

「ああ。依存症《いそんしょう》っていうのは、そういうものだ。ボーイフレンドからもいつも、愛してるならその証拠《しょうこ》に禁煙《きんえん》しろっていわれるよ」

えっ、ボーイフレンドがいるんだ。なんかへこむ。たぶん、ニールが死んだママと結《けっ》婚《こん》してたっていう妄想《もうそう》が、さらにムリな感じになったせいかも。どっちにしても、バカみたいな妄想《もうそう》だし。「ボーイフレンド、なんて名前？」

「チャック」

あたしはうなずいた。「おばあちゃんの家のとなりに、ゲイのカップルがいたの。レスとレイ。おばあちゃんは、ゲイだってぜんぜん気づいてなかったけど。あのふたりがピアノをひきながらうたってるのが、よくきこえてきた。どこの家も壁《かべ》がうすいから。おばあちゃんはやかましいってもんくいってたけど、あたしは好きだったな」

ニールはだまってあたしを見つめてた。精神科医《せいしんかい》がよくやることで、けっきょくこっちは、沈黙《ちんもく》を埋《う》めるために話しつづける。

「レスとレイの家は、トレーラーハウスってわけじゃなくてね」あたしは話しつづけた。「プレハブ住宅村《じゅうたくむら》って感じ。レスとレイは、そのなかでいちばんいい家に住んでたの。よく、遊びに行ったな。サラダとスムージーをつくってくれて、ヘルシーな食事について教えてくれた。あと、本を山ほどもってて、貸《か》してくれた。となりに図書館があるようなもんだった」

ニールはだまったまま、あたしに話をつづけさせた。

「おばあちゃんは本を一冊《さつ》ももってなかったから。あるのは、『リーダーズダイジェスト』とかのアンソロジーが二、三冊《さつ》だけ。あと、たいていろくなもの食べてなかった。

だけど、パンケーキだけはべつ。おばあちゃんのパンケーキはサイコーだった」

ニールはあたしの話にあきてるのか、おもしろがってるのか、わからない。遠い目をしてる。なんか、あたしの内側を見てるか、あたしのからだを通りすぎたむこうを見てるみたい。だけど、話を止められない。

「ふたりに会いたいな。レスとレイに。友だちだったから」

このまま話しつづけたら、バカなことといっちゃいそうだ。あたしはあわてて顔をそむけて、階段《かいだん》をあがっていった。すると、おりてこようとしてるおばあさんがいたので、あたしはまた向きをかえて、いそいでニールのところにもどった。

「オレンジのお金、払《はら》うの忘《わす》れてた」

「あげるよ。笑ってくれたら」

あたしはにっこりした。そういわれたからじゃなく。オレンジをもらったからでもなくて、自然に笑顔になった。

「オレンジ、ありがとう」

「いやいや、どういたしまして」

おばあさんが階段《かいだん》をおりきるのを待って、笑いかけると、一気にかけあがった。そして、さっきテーブルにおいたコーヒーをとって、カルロスの向かいにすわった。

「オレンジ、半分こしない？」あたしはたずねた。

「このドーナツを半分、手伝ってくれればね」

「決まり」あたしはオレンジの皮をむこうと思って歯を立ててから、半分こするんだったっけ、と思いだした。「あっ」あたしが声をあげると、カルロスは笑った。あたしは皮をむいた。「パームスプリングスのおばあちゃんの家には、オレンジの木があったけど、食べられなかったんだ。観賞用のオレンジだったから。皮がぼこぼこで、めちゃくちゃすっぱいの。だけど、マーマレードならつくれた。おばあちゃんに教わってつくったんだ」

「ありがとう」カルロスは、オレンジを半分受けとった。

「でも、むくといいにおいがした。あと、春になると花が咲《さ》いて、すっごくきれいだったな。おばあちゃんがよく窓《まど》をあけっぱなしにしてたから、家のなかがオレンジのにおいでいっぱいになった」

「うつくしい光景が目に浮《う》かぶよ」

カルロスがぜんぶわかってるような顔で見てるから、あたしはいった。「おばあちゃん、死んだんだ」

カルロスが、ちょっとうつむく。「そうか、お気の毒に」

「二年前からいっしょに暮《く》らしてたの。死んだのは、たばこのせい」窓《まど》の外を見た。トウモロコシの背《せ》が高いから、納屋《なや》の屋根がトウモロコシの上で浮《う》いてるみたいに見える。

「オレンジを食べるたびに、おばあちゃんのことを思いだせるね」

あたしはカルロスを見つめて、うなずいた。半分こしたオレンジを食べながら思った。

それって、うれしいことなのかな。それとも悲しいことなのかな。

11

列車に乗って三日目にもなると、からだがくさくなってきた。デオドラントスティックを塗《ぬ》っても、ごまかせない。ひとりで乗ってるなら、そんなに気にならないけど。売店にニールに会いに行った。においがとどかないように、少しはなれて立つ。

「ね、普通車《ふつうしゃ》に乗る人は、シャワーはどうしてるの？」

ニールはにっこりした。いい返事は期待できそうにない。

「乗る前に浴びる。あとは、おりたあとだな」

あたしは、そりゃそうだというふうにうなずいた。ぜんぜん納得《なっとく》してないけど。とてもきれいとはいえない自分の爪《つめ》をながめながら、もっといい情報《じょうほう》がきけるのを待つ。

「昔ながらの方法がある。〝ねこ風呂《ぶろ》〟ってやつだ」

「なめてから毛玉でも吐《は》くの？」

ニールはまたにっこりした。「あはは。おもしろいけど、からだをなめるわけじゃない。トイレに行って、ぬらしたペーパータオルとかわいたペーパータオルをかわりばんこに使って、うまいことさっぱりさせる。やるとやらないじゃ、ぜんぜんちがうよ」

ほんとかな。いまいち気乗りしないまま、あたしはトイレに入っていった。赤ちゃんのおむつをかえるスペースがある大きなトイレだ。便座《べんざ》以外にすわれる小さいいすがある。ペーパータオルを何枚《なんまい》かぬらして、かわいたのも数枚《すうまい》もって、あたしはクッションのきいたいすにすわって、靴《くつ》を片方《かたほう》ぬぎ、ぬれたの、かわいたのの順にふいた。それから靴《くつ》をはいて、もう片方《かたほう》の足にもおなじ手順をくりかえした。新しいペーパータオルをぬらして、服のなかに手をつっこんでふき、つぎにかわいたのでふく。少しずつ上のほうをふいて、わきの下と耳のうしろもふき、最後に顔を洗《あら》った。ハンドソープを泡立《あわだ》ててこすり、ぬらしたのでぬぐう。

ストロベリーのデオドラントスプレーをわきの下にかけて、ニールのところにもどった。

ニールは、おじいさんにコーヒーを出してるところだった。「少しはマシになった？」

「気分爽快《きぶんそうかい》。すっきり」

おじいさんが、よろよろと階段《かいだん》をのぼっていく。右足を一段目《だんめ》に置き、つぎに左足を置く。それから、右足を二段目《だんめ》に置き、また左足を置く。

いいこと、思いついた。あたしは、軽食コーナーを見わたした。値段表《ねだんひょう》を手にとる。

「これ、もらってもいい？」

「もちろん」

あたしはニールを見つめた。ニールもあたしを見つめる。

「帽子《ぼうし》、借りてもいい？」

「どうするの？」

「かぶるに決まってるじゃん。心配しないで。毛ジラミとか、いないし」ママと暮《く》らしてるころは、しょっちゅう髪《かみ》にシラミがわいてた。ママは、だからって貧乏《びんぼう》ってことにはならないから恥《は》ずかしがることじゃないっていってた。だけど、うちが貧乏《びんぼう》なのは事実だったし、あたしは貧乏《びんぼう》なのも、シラミがいるのも恥《は》ずかしかった。

「はい、どうぞ」ニールは帽子《ぼうし》をよこした。「前は、紙の帽子《ぼうし》があったんだけどな。子どもにおみやげでわたしてたんだ」

「こっちのがいい」あたしはかぶった。「どう？」

ニールはちょこっと首をかしげた。「ほんものみたいだ。こんなにかわいいアムトラックの乗務員《じょうむいん》、見たことないよ」

あたしはにっこりした。「ありがとう」カウンターに安っぽいボールペンがのってるのを見つけて、ニールの目を見つめながら手をのばす。それから、階段《かいだん》をかけあがった。

客車のほうに歩いていくと、まだ眠《ねむ》ってる人もいた。アイマスクをつけてる人や、いろいろ工夫《くふう》してからだをいすにフィットさせて寝《ね》てる人もいる。たまに、通路に腕《うで》や足が出てるから、気をつけて歩かなきゃいけない。

ドロシアも眠《ねむ》ってた。ラッキー。頭をうしろにそらして、口をあけて、アイマスクをして眠《ねむ》ってる。怪傑《かいけつ》ゾロみたい。ガーガーと製材所《せいざいしょ》みたいな音のいびきをかいてる。

やっと、いちばんうしろの車両に着いた。列車のなかで、売店からいちばん遠い。おじいさんがひとり、右手にすわって、探偵小説《たんていしょうせつ》を読んでる。

「売店のご注文をうかがってます」あたしは、なんてことなさそうに明るい声を出した。おじいさんが顔をあげる。うすら笑いを浮《う》かべてから、また本に視線《しせん》をもどす。

「何があるんだ？」左側から声がする。

そっちを見ると、大学生くらいの男の人が野球帽《やきゅうぼう》をうしろまえにかぶってすわってた。

「メニューです」あたしは、その人にさっきもらった値段表《ねだんひょう》を見せた。

その人は、表をじっくり見た。「マジかよ。ひと口ドーナツが五ドル？　さぞかしうまいんだろうな」

「マジです。うちのドーナツは、最高傑作《さいこうけっさく》です。『軽食コーナーの至宝《しほう》』って呼《よ》ばれてます」

その人はおさいふから五ドル出して、あたしによこした。あたしはペンのキャップをとって、手にドーナツと書いた。笑顔で頭を下げて、歩きだす。

いそいで階段《かいだん》をおりて、ニールのところに行った。

手わたす。

「おかえり」

あたしはドーナツの箱を手にとって、ニールの前に置いた。にっこりして、五ドルを手わたす。

「はい、どうぞ」ニールがいう。

いそいで最後尾《さいこうび》にもどった。野球帽《やきゅうぼう》の人は、ケータイでゲームをしてる。

「お待たせしました」ドーナツを差しだす。

「ああ、どうも。そこに置いておいてくれ」

あたしは、となりの空席にドーナツを置いた。野球帽《やきゅうぼう》はゲームをつづけてる。

「サービス料はかかりませんが、ご厚意《こうい》のチップは任意《にんい》でいただいています」

「そうか」

あたしは、しばらくその人をながめてた。ケータイから、ゲームのキャラクターがドロドロしたものをすすってるみたいなキモチ悪い音がしてる。「チップをいただけたら感謝《かんしゃ》します。強制《きょうせい》ではありませんが」

かんぜん無視《むし》。

「つまり、チップを払《はら》っていただかなくてもけっこうですが、もちろん大歓迎《だいかんげい》です」

「チップなしのほうを選択《せんたく》するよ」

あいかわらずこっちを見ようともしない。そのとき、ゲームがブーッという音を出した。野球帽《やきゅうぼう》は、アホっぽい顔にバカみたいな笑《え》みを浮《う》かべた。

あたしは背筋《せすじ》をぴんとのばして、回れ右をした。これくらいじゃ、泣かないし。

つぎの列、またつぎの列と注文をきいて歩いて、三十分ほどでベジバーガーを買えるくらいのチップは集まった。そしてドロシアが起きてこないうちに、白いテーブルクロスの食堂車でディナーを食べられるくらい、たまった。


カンザスシティの駅に停車する前に、燃料補給《ねんりょうほきゅう》のため、長いこと大きい川のそばに止まってた。

何もかもがさびついてる。景色はどんどん緑が多くなってきてた。

やっと駅に着くと、ドロシアといっしょに列車から飛びだして手足をのばした。まだ午後の早い時間だ。ずっと雨がふってたらしく、低い雲が背《せ》の高い建物の上を動いていく。ホームを歩いてるあいだ、ドロシアはケータイでだれかに電話をかけて、犬のようすをたずねてた。フレンチブルドッグを飼《か》ってて、留守《るす》をするときは世話をたのんでる。すごく会いたそう。

自給自足生活をしてるアーミッシュの人がひとり、サスペンダーをして黒い帽子《ぼうし》をかぶって、運動のためにホームを走って行ったり来たりしてる。ひざを高くあげて、ひげが風になびいてる。ドロシアとあたしはその人をながめながら、顔を見合わせてにっこりした。

ニールをさがしたけど、見当たらない。かくれてたばこを吸《す》ってるのかも。

しばらくすると警笛《けいてき》が鳴って、列車をおりてた人たちがもどっていった。ドロシアがあたしをじっと見てる。あたしは、乗客たちを見つめてた。外の空気や風や雲のすき間から差しこむ日ざしやカンザスシティの地平線をあとにして、乗客たちは黄色いステップをのぼる。カーペットを敷《し》いた通路や座席《ざせき》やドキュメンタリーの旅番組みたいに景色が流れていく窓《まど》へと向かっていく。

最後に一回、新鮮《しんせん》な空気をすーっと吸《す》ってから、なかにもどった。ドロシアがあとからついてきて、黄色いステップを片《かた》づける。列車はまた走りだし、大陸をどんどん進んでいく。

12

まだ日が暮《く》れるまで時間がある。あたしは自分の席にすわって、『吠《ほ》える』を読んでる。子ども用の本じゃないけど、あたしだって子どもってわけじゃないし。子どもには、親がいる。子どもは、自分の食費をかせぐためのバカみたいな方法を考えだしたりしなくていい。

ミズーリ州のどこかで停車中だ。ここの農場は、カンザス州ほど整然としてない。地面がでこぼこしてて、乱雑《らんざつ》な感じ。暗い大きな森が広がって、小川がたくさん流れてる。

窓《まど》に人影《ひとかげ》が映《うつ》る。ドロシアだ。

「カルロスがさがしてるわよ」

「なんで？」

ドロシアは、自分の爪《つめ》をじっと見た。「クロスワードを手伝ってほしいんですって」

「いま、読書中」

「そうね。でも手伝ってあげて。カルロス、さみしがってるから」

「ほんと？」

「ええ。手伝ってあげたら、よろこぶと思う。あなたとおしゃべりするの、好きだから」

あたしは本を座席《ざせき》に置いて、ドロシアのあとについて展望《てんぼう》ラウンジに入っていった。カルロスはこっちに背《せ》を向けてすわってる。あたしは向かいの席にすわった。クロスワードがテーブルの上に広げてある。まだぜんぜん埋《う》まってない。

「やあ」カルロスがにっこりする。「つきあってくれて、ありがとう」

「どういたしまして」

「このパズルの本があってよかったよ。ミシシッピ川のせいで、とうぶん動けないらしいからね」

「そうなの？」

「ああ。えっと、これが教えてほしい単語だ。『カナダのロックバンド：なんとかファイア』」

「Arcade《アーケード》」

カルロスがマス目を数える。「うん。ぴったりはまる。きいたこともないバンドだが、とにかく埋《う》まる」そういって、あたしのうしろに目をやった。「ミシシッピ川の水位がかなりあがっていて、アイオワ州のフォート・マディソンにある道にまで水が流れこんでいる。そこを列車はわたる。まあ、わたれればの話だ。その道から川の水が引くまで、待たなきゃいけない。おそらく丸一日か、それ以上」

「ほんとに？」えーっ、お腹《なか》がすいて、もたないじゃん。

「野球でいえば、延長戦《えんちょうせん》みたいなものだな」そういってカルロスは、はじけるような笑顔を見せた。一瞬《いっしゅん》、川の水のことはうそで、からかわれてるのかと思った。そのとき、明かりが消えて、ドロシアとニールの歌声がきこえた。

あたしの誕生日《たんじょうび》だ。『ハッピー・バースデー』をうたってくれてる。リフレインのころには、展望《てんぼう》ラウンジにいる半分の人がいっしょにうたってた。

ふたりは、うしろからやってきた。ニールがケーキをもってる。十三本のキャンドルが立って、ふたりの楽しそうな顔を照らしてる。

あたしは泣きだした。こんなきれいなケーキ、見たことないから。ピンクと白のアイシングがかかってて、オシャレな筆記体で〝Happy Birthday, Rider《ハッピー バースデー ライダー》〟って書いてある。

歌が終わり、キャンドルの炎《ほのお》が揺《ゆ》れてる。「さ、願いごとをして！」ドロシアがいう。

だけど、あたしはひたすら泣いてるだけ。泣きながら、ぶるぶるふるえてる。キャンドルを吹《ふ》き消《け》そうにも息も吸《す》えない。ドロシアが、あたしの背中《せなか》をぽんぽんたたいた。

ニールはカルロスのとなりにすわって、ふたりしてこっちを見てにこにこしてる。あたしはアイシングにささったキャンドルをどんどん引きぬいて、カルロスの前のコップの水につけて消していった。カルロスが笑う。

「うれし泣き、だよね？」ニールがいう。

「泣いてない」やっとしぼりだしたような声だ。みんなが笑う。とうとう、あたしは十三本のキャンドルをぜんぶ、水に浸《ひた》した。

「願いごとがかないますように」ドロシアがいう。

願ったのは、パームスプリングスの施設《しせつ》にいる友だちのエスピィのこと。今日はエスピィの誕生日《たんじょうび》でもある。エスピィのママがドラッグと手を切ってむかえに来てくれますように。エスピィのスーツケースが、自分の家で荷ほどきされますように。

ドロシアが明かりをつけて、紙皿とフォークを用意した。「身分証明書《みぶんしょうめいしょ》で、今日が誕《たん》生日《じょうび》って見たの。カルロスに話したら、カンザスシティのベーカリーにケーキを注文してくれて。列車が着くまでに用意しといてもらったのよ」

カルロスをじっと見たけど、ありがとうもいえない。言葉が出てこない。

「これはもう、いままでで最高の誕生日《たんじょうび》パーティーだ」カルロスがいう。「いっしょに祝わせてくれて、ありがとう」

みんなでケーキを食べた。生クリームのケーキ。最高のケーキ。こんなにおいしいケーキ、食べたことない。どんなケーキだったか、どんな味がしたか、一生忘《わす》れない。だれにも何ひとついえなかったけど、めちゃくちゃうれしくて幸せいっぱいだった。そして、いままでお誕生日《たんじょうび》パーティーでこんなにステキな気分にさせてくれた人はいなかったなと思ってしまって、そんなふうに思ったことにちょっとだけ罪《つみ》の意識《いしき》を感じた。テーブルにいっしょにすわってる人たちを、家族みたいに感じる。あたしの家族。自分で家族を選べるなら、こんな人たちがいい。家族って、誕生日《たんじょうび》にこんなステキな気分にさせてくれるんだ。救急隊員も来ないし、騒《さわ》ぎも起きないし、がっかりすることもない。

ケーキを三切れ食べて、コーヒーを二杯《はい》のんでからやっと、あたしは「ありがとう」という言葉を口にできた。

十二歳《さい》から十三歳《サーティーン》になった。ティーンエイジャーだ。だけど、気持ちの変化はそのせいじゃない。はっきり何とはいえないけど、あたしが乗ってるこの列車と関係があるような気がする。

階段《かいだん》をおりて、トイレに入り、鏡に映《うつ》る自分をながめる。しばらく、じっと見つめてた。

「ハロー」あたしはいう。

「ハロー」鏡に映《うつ》る女の子が答える。

「あなたはあたしの娘《むすめ》よ」あたしはいう。鏡に映《うつ》る子に、あたしは何度もこういってる。その子もいつも、おなじことをいう。ローラ先生が、そうするといいといってたから。あのときはよけいみじめになると思ったけど、けっきょくやってみることにした。

鏡のなかの子はいま、あんまり悲しそうじゃないけど、さんざん悲しい思いをしてきたみたいに見える。それでもときどき、幸せな気分になる。ケーキのアイシングがくちびるの上にちょこっとついてる。それを見て、あたしは笑った。すると、その子も笑った。そして、ぺろっとなめた。

「信じてるからね」あたしはその子にいう。

「あたしも信じてるよ」その子がいう。

「去年の誕生日《たんじょうび》、覚えてる？　スタートはサイアクだった」

「うん」鏡のなかの子が答える。「ママが死んで、パパがいなくて、友だちもいない。気むずかしいおばあちゃんがスーパーで買ってきたカップケーキと、ライターで火をつけたキャンドル一本」

「で、レスとレイが救出に来てくれた」

あたしはにっこりした。「プリンセスみたいなケーキとティアラを用意してくれて。ふたりとも、ピエロみたいなかっこうしてた」

「で、ふたりに、もう十二歳《さい》だからプリンセスなんて子どもっぽいっていったんだよね」

「うん」あたしはいう。「だけど、一日だけプリンセスになれてうれしかった」

「けっきょく、サイコーの誕生日《たんじょうび》になった」鏡のなかの子がいう。

「うん。きのうまではあれがサイコー」

鏡のなかの子は、シャツのそでで目をぬぐって、それから笑った。あたしはその子にハッピー・バースデーをいい、その子もあたしにいった。それから、投げキッスをしあって、バイバイした。

階段《かいだん》をあがって、通路を歩いてまた階段《かいだん》をおりて、ニールのところに行った。

「やあ、きれいなお嬢《じょう》さん」ニールがいう。

「やあ、イケメンさん」あたしは自分の靴《くつ》をじっと見てから、またニールを見た。「あたし、ほんとうはディズニーランドに行くんじゃないの」

「そりゃよかった。反対方向だからね」

「おばあちゃんが死んだの。それで、この列車に乗った」

ニールがうなずく。そして、帽子《ぼうし》をぬいだ。「たいへんだったね」

「ママが死んだあと、二年間、おばあちゃんと暮《く》らしてた」

ニールは心臓《しんぞう》のあたりに手を当てた。かける言葉をさがしてるみたいだけど、何も出てこない。

あたしは、ニールのきれいな黒い髪《かみ》を見つめた。「かわいそうだと思ってほしいんじゃないの。ただ、うそをついてるのがイヤだから。恥《は》ずかしいことじゃないし」

「おばあちゃんのお葬式《そうしき》に出るの？」

あたしは首を横にふった。「もうすんだ」カーペットを足で蹴《け》る。「おばあちゃんのこと、そんなに好きじゃなかったんだ。だけど、おばあちゃんがいなかったら生きていけなかったし。とくに、ママが何もできなくなったときとか」

ニールはうなずいて、遠い目をした。「そういうことって、あるものだよ」

あたしは、自分の爪《つめ》をじっと見た。「あとね、あたしの名前のつづりは、R《アール》-Y《ワイ》-D《ディー》-R《アール》。あたしがそう決めたから、そうなの」

ニールはぱっと口に手を当てた。まさか思わず笑ったのをごまかしたんじゃないと思うけど。目がキラッとする。

「悪いことはいっぱいあったけど、それでどうにかなったりしない。あたしは、自分で選んだふうにしかならない」

「うん。いい選択《せんたく》をしたね」


列車はやっと走りだしたけど、あんまりいそいでない。ミシシッピ川の前で止まって待たなきゃいけないのがわかってるからだ。少なくとも明日まではわたれない。ほんとうならもうシカゴのはずなのに、まだイリノイ州にも着いてない。いろいろあって遅《おく》れてる。

ぜんぜん気にしない。雨はどんどんふればいい。川の水かさが増《ま》して、あたしをシカゴに連れていく道を洗《あら》い流《なが》しちゃえばいい。

テンダーチャンクスが通路を歩いてきて、通りすがりにこっちにうなずいてから、下の階に向かった。あたしは五つ数えて、あとを追った。

階段《かいだん》の下に、トイレが何個《なんこ》か並《なら》んでる。あたしは階段《かいだん》のとちゅうで立ちどまって、トイレのドアがあく音がするのを待ってから、おりていった。

なんだ、出てきたのは、ビール腹《ばら》のおじさん。あたしはわきに寄《よ》っておじさんを通してから、また二、三段《だん》あがった。べつのドアがあいて、今度はテンダーチャンクスが出てきた。

「あっ、ハイ」あたしはいった。

「やあ」

あたしはせまい階段《かいだん》にしっかと立って、通せんぼした。「あのね、今夜、食堂車に行こうと思ってるんだ」あたしは、動かないスポンジ・ボブの時計をちらっと見た。「いいかげん、ドーナツとベジバーガーにあきちゃって。だけど、テーブルの予約はふたりじゃなきゃいけないの」

「ふうん？」

あたしはうなずいた。「で、まともに会話が成立するのってあなたくらいだから、ふたり目になってもらおうかと思って」

「ふたり目？」

「だからー、えっと、そう、もうひとり。もうひとりいれば、食事の予約ができるから」

「もうひとりになってほしいっていうお誘《さそ》いは、とてもうれしいよ。だけど、あんまりお金がないんだ。あそこ、高いだろ」

「うん。あ、でも、たまたま今日、デリバリーのバイトしたから、ふたりぶん払《はら》える」

あたしは、二段《だん》上から見下ろしてた。

「返さなくていいの？」

あたしは、あきれたというふうに目玉をぐるんとした。「いいよ。あのさ、べつにほかの人を見つけてもいいんだけど……」

「ぼくが行きたい」

二秒くらいかたまって、やっと頭がはたらいた。こわれた時計にまた目をやる。インケンな女子たちとけんかしてから、ずっとこわれてる。心臓《しんぞう》がばくばくいいだす。「わかった。じゃあ、六時半に食堂車で」

男の子と食事をする。悪くない。っていうか、楽しいかも。終わってみないと判断《はんだん》できないけど。

13

食堂車にテンダーチャンクスといっしょにすわった。マヌケな仲間たちは、展望《てんぼう》ラウンジとか自分の席とかで、アルミホイルの小袋《こぶくろ》に入ったフリーズドライのボーイスカウト用インスタント食品を食べてるけど、テンダーチャンクスはあたしといっしょに白いテーブルクロスを前にして、おいしい食事を待ってる。

通路をはさんだテーブルにドロシアがいて、タッパーにつめた、しなしなのサンドイッチを食べてる。あたしを見守るのが仕事だから、といって。男の子と食事するとなれば、とくに。

テンダーチャンクスが、白いナプキンをひざにのせる。

「お母さんって、どんな人？」あたしはたずねた。

テンダーチャンクスって、けっこうカワイイかも。首の下にボーイスカウトのバンダナをゆるく巻《ま》いてる。

「どうかな。まあまあ、ふつうの人だと思うけど」

ちょっと位置が高いほうの左目が、どうしてもまんなかに寄《よ》っちゃうらしい。うん、右目のほうを見るようにしよう。

「まあまあ？　それだけ？」

テンダーチャンクスは一瞬《いっしゅん》、窓《まど》の外を見た。「たぶん、かなりいいほうだと思う。っていうか、好きだけど、逆《さか》らえないから。それって、けんかの元だ。だろ？」

わかんない。あたしには、わかんない。だけど、とりあえずうなずいた。

「きみのお母さんはどんなふう？」テンダーチャンクスがきく。

「死んだ」あたしは、なんてことなさそうにいった。そして、テンダーチャンクスの表《ひょう》情《じょう》を見て、悪いことしたなと思った。こんなふうにつっけんどんにいわなきゃよかった。

「えっ……どうして?」

テンダーチャンクスを見つめて、正直にいおうか考える。ふつうに、うちのママはジャンキーで、ドラッグのやりすぎで死んだっていおうかな。でもやめて、つぎに来そうな質問《しつもん》に答えた。「お父さんは、謎《なぞ》だし」

「謎《なぞ》?」

「だれなのか、何してるのか、知らないってこと。生きてるのかどうかも」あたしは、水をひと口のんだ。「まあ、生きてないかな」

「だれといっしょに暮《く》らしてるの?」

「おばあちゃんといたんだけど、おばあちゃんも死んじゃって。だけど、これからシカゴですばらしい新しい生活が待ってるの」あたしは明るくいった。

「ほんとに?」

「うそ。会ったこともないおじいさんのところに送られるとこ。大おじさん。五年くらいは生きててくれないと、養護施設《ようごしせつ》に行かされちゃう」

テンダーチャンクスは、予想どおり悲しそうな表情《ひょうじょう》を浮《う》かべた。あたしの身の上話をきくと、みんなこういう顔になる。「ぼく……えっと……」

「べつにまずい質問《しつもん》なんかしてないよ。ただ、まずい相手といっしょにすわっちゃっただけ」

給仕係《きゅうじがかり》が料理ののったお皿を二枚《まい》もってこっちのテーブルに近づいてきたけど、あたしたちのじゃなかったらしく、そのまま通りすぎた。

「はっきりいえるけど、ぼくはまずい相手となんかいっしょにすわってない」テンダーチャンクスはいった。

あたしは、にこっとした。やさしいねっていいたいけど、いわない。

ふたりして、窓《まど》の外に目をやる。すると、テンダーチャンクスが話題をかえてくれたから、ほっとした。「『吠《ほ》える』は読みはじめた？」

「うん。詩にしてはすごく長いね。でも、もう読んだよ。二回」

テンダーチャンクスは、すごくうれしそうな顔をした。「どうだった？」

「頭からはなれなくなった」

「ほんとに？」

「うん。詩の言葉が頭のなかをかけめぐって、催眠術《さいみんじゅつ》にかかったみたい。あと、内容《ないよう》も。ぜんぶが、すばらしい。そして、おそろしい。あたしが生まれてからずっと見てきた世界。あたしが見てきたものを、ほかにも見てる人がいるとは知らなかったけど」

「いいね。うん、すごくいい」テンダーチャンクスは、水をひと口のんだ。

「モーラックって、何？」

テンダーチャンクスは、もっとうれしそうな顔をした。あたしが詩に出てくる名前をいったからだ。ほんとうに読んでる証拠《しょうこ》だから。

「モーラックっていうのは、まあ、人々が自分たちの子どもをいけにえにささげて祭る、おそろしい古代の神なんだ。あの詩には、もっともすばらしい人たちは、失敗を犯《おか》して狂気《きょうき》に至《いた》る人たちかもしれないってことが書いてある。ほら、つまり問題はその個人《こじん》の人間性《にんげんせい》にあるんじゃなくて、人間はこう行動すべきって決めつけてることにあるんだ」

あたしはうなずいただけで、しばらくだまってた。思いがけない新事実だ。適応《てきおう》できないのは、すばらしい人たちだってこと。生き残れない人たちは、べつにどこも悪くないってこと。正されなきゃいけないのは、その人たちを破滅《はめつ》させる世界のほうなんだ。

「で、どう思う？」テンダーチャンクスがきく。

「もう一回、読んでみなくちゃ」

テンダーチャンクスは、にやっとした。「きっと、一生のうちに何度も何度も読むことになるよ」

なんだか、何も服を着てないみたいな気分。テンダーチャンクスのほうが、あたしよりもあたしのことを理解《りかい》してるみたい。「なんでわかるの？」

「わかるんだ。きみの目に光が見えるから」

あたしは、重たいグラスから水をひと口のんだ。「光？」

目の前にお皿が置かれた。料理がのった大きな白いお皿。湯気があがってる。アスパラガスとフライドポテトが、あたしが注文したジャンボマッシュルームのサンドイッチに添《そ》えてある。うわあ、すごい。

テンダーチャンクスの料理も運ばれてきた。食べはじめるとき、胃のあたりにおかしな感じがした。何日かぶりにまともな食事をしてるせいなのか、あたしの目に光が見えるってきかされたせいなのかは、わからないけど。

テーブルの予約は四十分だけで、つぎのお客のためにあけなきゃいけない。それにテンダーチャンクスは、展望《てんぼう》ラウンジに行かなきゃいけなかった。ボーイスカウトがわがもの顔で展望《てんぼう》ラウンジを占領《せんりょう》して、くだらない木工細工の講座《こうざ》をひらいてるから。

あたしは自分の席にもどって、テンダーチャンクスのことを日記に書こうか考えてたけど、書かなかった。頭のなかがごちゃごちゃしてきたから、売店のニールに会いに行った。展望《てんぼう》ラウンジを通りすぎるとき、ケーレブとほかの仲間たちがじろじろ見てきた。テンダーチャンクスはだれかにひじでつつかれて、こっちを見て、にこっとした。あたしはテンダーチャンクスにウインクした。ケーレブたちが見てるのを確認《かくにん》したうえで。

階段《かいだん》をおりてニールの顔を見たら、何をいえばいいのかわからなくなった。で、ハイとだけいった。

「やあ。調子どうよ?」

「なんの調子?」

「うーん、まあ、いろいろ」ニールは、ダンスみたいにからだを左右に揺《ゆ》らした。

あたしは肩《かた》をすくめた。「べつに。顔見に来ただけ」

「お腹《なか》すいてる？」

「ううん。食堂車で食べてきたばっか」あたしは、自分の爪《つめ》を見つめた。「テンダーチャンクスといっしょに」

「へぇぇ」

「何？」

「べつに。楽しかった？」

「うん。だけど、そういう楽しいじゃないよ」

「どういう楽しいじゃないんだ？」

「デートとかじゃないし。っていうか、あたしたち、恋《こい》に落ちたとかじゃないし」

「落ちたんじゃないんだ？」ニールはにっこりした。

「もういい。ほっといて」

あたしはニールにバイバイして、階段《かいだん》をあがり、展望《てんぼう》ラウンジをつっきった。今回は視線《しせん》をまっすぐ前に固定してたけど、みんなの、ボーイスカウトたちの視線《しせん》をびんびん感じる。ふいに、自分がモデルみたいに歩いてるのに気づいた。こんなこと、一度も意《い》識《しき》しなかったのに。ボーイスカウトのリーダーは、みんながきいてないのに気づいたみたいに話をやめた。

あたしの力だ。あたしの魅力《みりょく》。あたし、男の子たちの視線《しせん》をくぎづけにしてる。自分の車両にもどって、席に着くと、ローラ先生の言葉が浮《う》かんできた。男の子にほめられて自尊心《じそんしん》をとりもどす、そんな女の子がいるって。

あたしは手をのばして、髪《かみ》をさわった。展望《てんぼう》ラウンジを歩いたとき、どんなふうだったかな。

あー、バカらしい。見てほしい男の子は、ひとりだけなのに。

すーっと息を吸《す》って、ちょっと息を止めてから、ゆっくり吐《は》く。深呼吸《しんこきゅう》、深呼吸《しんこきゅう》。何度かくりかえしてるうちに、いつの間にか寝《ね》てた。

テンダーチャンクスといっしょにキャンプしてる夢《ゆめ》を見た。何日もハイキングして、食料が底をついた。テンダーチャンクスは、もってきたボーイスカウトのガイドブックをながめながら対処法《たいしょほう》を読みあげるけど、役に立ちそうなことはひとつも書いてない。

お腹《なか》がぺこぺこだ。

あたしたちがいるのは、ニューメキシコ州の草地くらい広い原っぱのまんなか。落ちてるのは踏《ふ》みつけられた黄色い葉っぱだけで、食べるものはなんにもない。夕日が沈《しず》んで、空が真っ赤に染《そ》まり、そのうち真っ暗になった。テンダーチャンクスは、あたしにおやすみといって、寝袋《ねぶくろ》に入った。

あたしは、その夢《ゆめ》のなかでひと晩《ばん》じゅう起きてた。夕日が消えていった地平線のほうを向き、空を動く星をながめてた。星の動きはすごくはやくて、低速度撮影《ていそくどさつえい》した写真を見てるみたいだ。理科の授業《じゅぎょう》で見るような。

そのうち、太陽が空の反対側、あたしのうしろ側からのぼってきて、一面のジャンボマッシュルームを照らした。夜のうちに急に生えてきたらしく、そこらじゅうぜんぶ、見わたすかぎり、ジャンボマッシュルームだ。

あたしは、テンダーチャンクスを起こした。「奇跡《きせき》だ！」テンダーチャンクスは声をあげて笑った。「助かった！　これでジャンボマッシュルームバーガーをつくれるぞ！」

テンダーチャンクスはバックパックからハンバーガー用のパンが入った袋《ふくろ》をとりだした。えっ、こんなのもってたの？　だったら、これを食べればよかったじゃん。

「これって、夢《ゆめ》？」あたしはたずねた。

テンダーチャンクスは、ジャンボマッシュルームバーガーをくれた。「夢《ゆめ》みたいにおいしい？」

かじってみると、夢《ゆめ》みたいにおいしかった。自分を信じて何もかもうまくいった夢《ゆめ》みたいに。

頭ががくんとなって、目がさめた。あたりは真っ暗だ。

眠《ねむ》りこけてるドロシアの前を通りすぎて、通路に出ると、いそいで展望《てんぼう》ラウンジに行った。テンダーチャンクスはいない。

ふたりぶんのディナー代を払《はら》ったら、また所持金ゼロになった。頭のなかに、自然と計画が浮《う》かんでくる。

むこうのテーブルに、ショルダーバッグをもった男の人がいる。あたしはその人にぺンを借りて、ナプキンにはっきりと書いた。「未来を占《うらな》います！　チップ歓迎《かんげい》」そのナプキンをテーブルに置いて、その前にすわった。だれも来ないし、通りかからない。

やっと、ボーイスカウトが四人、来た。ふだんよりもおとなしい。きっと、もう〝ダップス〟が終わってて、ほんとうなら席をはなれちゃいけないせいだろう。心臓《しんぞう》がばくばくいうのがわかる。四人のなかに、テンダーチャンクスがいる。

「あっ、おい、愛《いと》しのライダーだぞ」ケーレブがいった。

あたしは半分目を閉《と》じて、こめかみに指先を当ててた。「だまってて！　ヴィジョンを得てるとこなんだから」

ケーレブは、ナプキンを見下ろした。「また金かせぎか？」

あたしは目をあけた。「いーえ。磁気《じき》の状態《じょうたい》がいいときは自然とヴィジョンが得られるの。せっかくの才能《さいのう》だから、未来をのぞく勇気のある人のために、見てあげようと思って」

あたしは、テンダーチャンクスに軽くウインクした。

ケーレブが、疑《うたが》いのまなざしを向ける。「で、金はかからないんだな？」

「チップは歓迎《かんげい》だよ」あたしは、コホンと咳払《せきばら》いした。「だけど今回の場合は、前払《まえばら》いしてもらわないと。疑《うたが》ったおわびにね」

ケーレブは、ふんっと笑った。「くっだらねえ」

あたしは肩《かた》をすくめた。「前にも、そんなことをいったパイロットがいたっけ。そしたら、例のニュースが流れてきたんだよねー」あたしは視線《しせん》を落として、カトリックがよくする十字を切るしぐさをしてみた。

「勝手にいってろ。で、いくらだ？」

あたしは目を閉《と》じてくちびるを動かし、霊《れい》と会話してるフリをした。ほんとうは、売店のM&M《エムアンドエム》がひと袋《ふくろ》いくらか、思いだしてた。「三ドル」

ケーレブはポケットに手をつっこんで、あたしが前に勝ちとった二十五セント硬貨《こうか》をひとつかみとりだした。やった、とりもどせる。

「すわって」あたしは、自分の前のいすのほうを目で合図した。ケーレブがすわると、ほかの三人もまわりにすわった。テンダーチャンクス、スティンキー、ウィスピーって呼《よ》ばれてるひょろひょろの子。「手を見せて」ケーレブが手を差しだす。あたしはその手をとって、指先で手相をなぞった。ケーレブのハンサムな顔を見上げる。「キツい仕事、やったことないでしょ？」

「なんでわかる？」

「この手のひらのやわらかくてうすい皮膚《ひふ》でわかる。赤《あか》ん坊《ぼう》のオシリみたい」まわりにいる三人のうちひとりが、笑いをかみ殺してる。あたしはまた、ケーレブの手を見つめた。目を閉《と》じて、遠くからきこえるみたいな声でいう。「おねしょをしますね」

スティンキーがくすっと笑い、ケーレブがひじ鉄をした。

「えっ？　何？　霊《れい》があたしを通じてなんかいった？」あたしはたずねた。

「霊《れい》はほかになんていってた？」ウィスピーがきく。

あたしはまた目を閉《と》じた。テーブルの下で、だれかがあたしの足の上をそっと踏《ふ》むのがわかる。あたしは勇気をもらった気がして、一気にお告《つ》げを口にした。「うつくしさは色あせ、何も残らない！」そして、ぶるっと身をふるわせてから目をあけた。

スティンキーがまた笑い、ケーレブに通路に押《お》しだされた。

そのとき、ボーイスカウトのリーダーがドアのところにやってきた。列車のなかなのに、またスモーキー・ベアみたいな帽子《ぼうし》をかぶってる。そして、笛をピーッと吹《ふ》いた。このラウンジとかとなりの車両とかで寝《ね》てる人は、うるさいって思ったはず。ボーイスカウトたちは、火がついたみたいにボックス席から出ていった。

あたしはげらげら笑った。「残念でした！　全員アウト！」

内心、テンダーチャンクスの手を握《にぎ》るチャンスがあるのを期待してた。で、テンダーチャンクスの運命を占《うらな》う。「『吠《ほ》える』になんて書いてあっても、あなたの世代のもっともよい心の持ち主たちは狂気《きょうき》でこわれるとはかぎらないし、よい心の持ち主は幸運を得るものだ」そういうつもりだった。旅のとちゅうで愛する人を見つけるだろう、もしかしたらもう見つかってるかもしれない、って。手を握《にぎ》ったままそういって、心臓《しんぞう》の鼓動《こどう》に合わせて血液《けつえき》が流れるのを感じたかった。

かわりに、いそいで笑顔をつくった。テンダーチャンクスは、出ていった。

しばらく展望《てんぼう》ラウンジにすわってた。テンダーチャンクスがひとりでもどってこないかな。そのうち、なんか必死すぎてみじめな気がしてきたから、席にもどろうと立ちあがった。

とちゅう、テンダーチャンクスに出くわした。むこうが出てきたドアが閉《し》まり、あたしが出てきたドアが閉《し》まる。あたしたちは、車両のあいだのせまいスペースにふたりで立ってた。ここは、列車の音がひときわ騒々《そうぞう》しい。前に、ちがうボーイスカウトとはここで出くわしたけど、今度は期待はずれじゃなかった。

「やあ」テンダーチャンクスがいう。

「ハイ」あたしは返事をする。「どこ行くの?」

「きみをさがしに」

にこっとしたいけど、バカみたいに見えそうでこわい。

「ここにいるよ」

テンダーチャンクスはにこっとした。列車がガタゴト揺《ゆ》れる。

「なんで詩を好きになったの?」あたしは、とうとつにたずねた。

テンダーチャンクスが下を向く。ニヤニヤ笑いをかくしてる。

「どうかした？」あたしはたずねた。

「べつに。えっと、最初に好きになったのは、ウォルト・ホイットマンだよ。英語の授《じゅ》業《ぎょう》でみんな、『草の葉』を読んでるはずだけど。ものすごーく長い詩だよ」テンダーチャンクスは両腕《りょううで》を広げて、遠くを見るような目をした。

「好きな詩なの？」

「大好きだ。何かを読んであんな気持ちになったのは、はじめてだ。あんな……」

「何？」

テンダーチャンクスは首を横にふった。「大地を丸ごと感じた。生命がぜんぶ、あの小さな本につめこまれてるみたいに感じた」

あたしはうなずいた。「それって、いいカンジなの？」

「うん。偉大《いだい》な目を借りて見てるみたいな感じだ。すばらしい、賢《かしこ》い目だよ」

「つぎに読んでみる」

テンダーチャンクスはめがねをはずして、笑いはじめた。それから、おでこをごしごしこすった。

「何？」

テンダーチャンクスはにっこりしたけど、直接《ちょくせつ》あたしと目を合わせないようにしてる。

「こんなせまいスペースにきれいな女の子とふたりっきりで、詩について話をしてる。なんか、夢《ゆめ》みたいだ」

「夢《ゆめ》？」きいてすぐ、どういう意味か、理解《りかい》した。「あ、うん」

列車がガタンと揺《ゆ》れて、あたしはバランスを失い、前につんのめった。テンダーチャンクスが両手で支《ささ》えてくれる。

「ありがとう」

テンダーチャンクスの顔が数センチ先にある。いいほうの目が、あたしをじっと見てる。もう片方《かたほう》は、べつのものに気をそらされてるみたいに視線《しせん》がわきに向かってる。

口をひらいたテンダーチャンクスの声のふるえを肌《はだ》で感じた。「おなじ町に住んでたら、つきあってほしいっていうのに」

「オッケーっていうよ」あたしの声も、ヘンな感じ。テンダーチャンクスが吐《は》いた息を吸《す》いたいような気がする。

あたしは顔をかたむけた。目の前がぼんやりしてくる。両目をつぶってるみたいな感じ。

そのとき、ドアがやかましい音を立ててあいた。ドロシアが立ってる。怒《おこ》った顔はしてない。すごく落ちついた顔で、逆《ぎゃく》にこわい。

「友だちにおやすみをいう時間よ」ドロシアがいう。

あたしは数センチ先の顔に向かって、いった。「おやすみ」

「おやすみ」テンダーチャンクスが答える。ドロシアのほうを向いて、ちょこんとおじぎしてから、ドアのむこうに行く。

ふーっ。あたしは息を吐《は》いた。「どならないの？」

「わたしがあなたをどなったこと、ある？」

ちょっと考えてから答える。「ない」

ドロシアがうなずく。「いい子みたいね」

「いい子だよ」

ドロシアが前を歩いて、席にもどった。あたしは暗い窓《まど》ぎわにすわって、ドロシアが通路側にすわる。

「しばらくふたりのようすを観察してたの」ドロシアがいう。

「えっ、そうなの？」

「ドアの窓越《まどご》しにね」ドロシアはにこっとして、靴《くつ》を脱《ぬ》ぎ捨《す》てた。「できるだけ長くふたりでいさせてあげたのよ。だけど、キスさせるわけにはいかないから」

「キスなんかしようとしてないよ」

ドロシアがくすくす笑う。「あら、してたでしょ」

「あたしが？」

ドロシアはうなずいた。目を閉《と》じて、にこにこしてる。

あたしも目を閉《と》じて、考えた。あたし、もう少しで男の子にキスしそうになってたんだ。そんなことになってるなんて気づいてもいなかったのに。なんかこわいけど、相手がテンダーチャンクスだからそれほどこわくない。

キス未遂事件《みすいじけん》と、その前に見たジャンボマッシュルームの夢《ゆめ》のことを考える。あそこにもどってつづきを見たいな。

列車は、どこまでも広がる暗闇《くらやみ》のなかに入っていく。眠《ねむ》りに落ちるかわりに、あたしは思い出のなかに落ちていった。しょっちゅう頭のなかによみがえってくる思い出だ。そこからまだ学べることが残ってるみたいに。

あたしはパームスプリングスの学校にいて、ロッカーをあけようとしてる。何かとあたしにつっかかってくる女子たちがやってきて、あたしをとりかこんだ。

「あんたのママ、どこにいるの？」いちばんやかましい子がいう。「総入《そうい》れ歯《ば》のお手入れ中？」

ムシしようとして、背中《せなか》を向けた。ロッカーから算数の教科書をとりだそうとするけど、鍵《かぎ》の数字を合わせられない。

「あんたが住んでるあたりの年寄《としよ》りたちといっしょに、ビンゴでもやってるんじゃないの？」

ほかの子たちが笑う。

「あれ、ママじゃないし。おばあちゃんだから」

女子たちはげらげら笑ってる。あたしはひたすら鍵《かぎ》をがちゃがちゃやってた。どうしてもあかない。

「じゃあ、ママはどこ？　あんたなんか、いらないって？」

あたしは、くるっと向きなおった。「だまれ」

ぜんぶで四人。呼吸《こきゅう》が浅くなるのがわかる。

いちばんやかましい子が、あたしの胸《むね》をついた。「なんていった？」こっちに近づいてくる。映画《えいが》に出てくるイジワルな女の子みたいな、ブロンド美人じゃない。それどころか、気の毒なくらいふつう。一瞬《いっしゅん》、かわいそうって思いそうになっちゃった。

「ちょっと、あんたにきいてるんだけど？　いまなんていったの？」

あたしはもう一度、だまれといった。しかも、いままで口にしたことのない言葉までつけ足した。

ロッカーにバンとたたきつけられて、あたしはその子のほうにはねかえった。腕《うで》をふりまわして、その子にパンチを食《く》らわせた。やたらめったらげんこつを浴びせかけて、映画《えいが》の早回しみたいにスピードをあげた。その子の鼻から血が出てくる。そして、その子はたおれた。

まったく望んでない展開《てんかい》だけど、ほかの三人が突進《とっしん》してきた。手と爪《つめ》と顔が見えて、自分のげんこつも見える。

あっという間だった。だれかの大きな腕《うで》でがばっとつかまえられる。のこぎりがギーコギーコいってるみたいに自分が息をしてるのがきこえる。

ビックリしてこっちを見つめてる男の子がひとりいる。ほかの子の顔はみんないっしょくたでぼんやりしてるけど、ひとりだけ、知らない男の子が、口もきけずに見つめてるのが見える。

あたしは両手をうしろでつかまれたまま、押《お》されて歩かされた。逮捕《たいほ》されたみたいに。校長室の蛍光灯《けいこうとう》の下、学校秘書《がっこうひしょ》や校長の顔が浮《う》かびあがる。みんな、知らない人みたい。自分のことだって、知らない人間みたいに感じる。

だれかがあたしの口に吸入器《きゅうにゅうき》を当てた。あたしは、息を吸《す》いこんだ。

警備《けいび》の人といっしょに待ちながら、スポンジ・ボブの時計を見ると、ガラスが割《わ》れて、秒針《びょうしん》が動かなくなってた。校長室の水槽《すいそう》の魚が心配そうにあたしを見てる。

あたしは、ローラ先生の部屋にうつされた。

「もう。何があったの？」ローラ先生は、消毒液《しょうどくえき》であたしのげんこつについた血をふいてくれた。歯形がついてる。ローラ先生はふるえる手で、あたしの両手をガーゼで包んだ。ほかにもケガした部分をぜんぶ、手当てしてくれた。顔の引《ひ》っかき傷《きず》や、脛《すね》の蹴《け》られたあと。先生のきれいなスカートに、あたしの血がついてる。

あたしは吐《は》いた。ごめんなさい。そうつぶやいた。


反対方向から来る列車がゴーッと通りすぎていき、目の前の黒いもやもやが晴れ、現《げん》実《じつ》に引きもどされる。暗い夜の列車のなかだ。両腕《りょううで》をからだにぎゅっと巻《ま》きつけてから、ドロシアに寄《よ》りかかる。

あの女子たちはもう、ここにはいない。あの子たちがいじめてた、弱いあたしも。そしておなじく、ローラ先生ももういない。そう思ったら胸《むね》が痛《いた》くなって、あたしは目を閉《と》じた。

14

ドロシアに肩《かた》をたたかれて、目をさました。数年ぶりにぐっすり寝《ね》た気がするけど、ローラ先生のことを思うとまだ胸《むね》が痛《いた》い。

「あのね、あと少しで、ボーイスカウトの子たちが下車するの。友だちにバイバイをいっておきたいんじゃない？　展望《てんぼう》ラウンジで待ってるわよ」

あたしはうなずいて、ぱっと立ちあがると、髪《かみ》をとかそうとバッグをつかんだ。水なしで歯をみがき、歯みがき粉をごくっとのみこむ。洗面所《せんめんじょ》に行ってる時間はない。それからチェリー味のリップを塗《ぬ》る。ローラ先生とのおわかれは、ぜんぜんうまくいかなかった。テンダーチャンクスとは、ちゃんとおわかれしたい。

テンダーチャンクスは、展望《てんぼう》ラウンジのテーブルの前に、バックパックを横に置いてすわってて、あたしを待ってた。あたしは、向かいの席にすわった。

「ハイ」あたしはいう。

「やあ」

「えっと……」

「ぼくたちの乗るバスが川の下流をわたって、どっかのいなか道で拾ってくれるんだ。いま、この列車はその場所に向かってるところだよ」

ああ、イヤだ。こういう感じはきらい。だれかを失う感じ。そんな気持ちだって気づかれちゃう感じ。だからあたしは、タフな女の子を演《えん》じる。「まだ『吠《ほ》える』を借りっぱなしだよ。返さなくていいっていってくれるのを期待して」

テンダーチャンクスは口をひらいたけど、何もいわない。両手を組んで窓《まど》の外をながめてから、こっちを見る。「わかった」

「ありがとう」

テンダーチャンクスはまたちょっとだまってから、口をひらいた。「えっとさ、ずっといいたかったんだけど、きみのえくぼ、好きだ」

あたしは手をのばして、笑ってればはずのえくぼに触《ふ》れた。あたし、いつ笑ったっけ。いつ、えくぼを見せたっけ。

「お母さんもえくぼがある？」テンダーチャンクスがきく。

「ううん」あたしはそう答えて、うっかりちょっと笑った。あたしはママになんかちっとも似《に》てない。

「ほら、見えた」テンダーチャンクスがいう。

あたしは、手でえくぼに触《ふ》れる。

テンダーチャンクスが首を横にふる。「それにやられるんだ。心臓《しんぞう》に矢が刺《さ》さったみたいになる。まいるよ」

あたしはまた、にっこりした。「あたしは見た。えくぼによって破壊《はかい》されたあたしの世代のもっともよい心の持ち主を」『吠《ほ》える』にあった表現《ひょうげん》を使ってみた。テンダーチャンクスは、あたしが詩を引用したのをきいて、ものすごくうれしそうな顔をした。期待どおりの反応《はんのう》だ。

「で、また連絡《れんらく》とりあえたらうれしいんだけど。Facebook《フェイスブック》やってる？」テンダーチャンクスがきく。

「ううん。自由に使えるパソコン、もったことないし。それに、シカゴの住所もまだわかんない。制服着《せいふくき》てる知らない人が駅にむかえに来てくれてて、どっか知らないところに連れていってくれるの」

テンダーチャンクスは指をポキンと鳴らして、両手をテーブルの下に入れた。

「だけど、さがせるよ」あたしはいう。「そのうちね。っていうか、テンダーチャンクスなんて名前の人、そうそういないでしょ？」

テンダーチャンクスはにっこりした。「書いてわたすよ。本名と住所」

「ううん。なくしちゃうかもしれないから。こっそり教えて」

あたしは身を乗りだして、横を向いた。テンダーチャンクスが顔を近づけてくると、耳に息がかかるのを感じる。テンダーチャンクスは、ささやいた。名前、郵便番号《ゆうびんばんごう》、町の名前、通りの名前と番地。そのあとつづけていった言葉をきいて、思わず鳥肌《とりはだ》が立った。

「覚えててくれるって約束できる？」

「ステキな夢《ゆめ》みたい。ぜったい忘《わす》れない」

列車が速度を落とす。テンダーチャンクスが、あたしのうしろに目をやる。ふりかえると、ボーイスカウト隊長がドアのところにいたから、にらんでやった。

「どうやらそろそろ行かなきゃいけないみたいだ」

あたしは、ボーイスカウトの制服《せいふく》のシャツを指さした。「ここについてたバッジはどうしたの？」

「メリットバッジ？　あれなら、はずした」

「なんで？」

テンダーチャンクスは、窓《まど》の外をちらっと見た。「長所《メリット》が何かなんて、リーダーたちだってわかるわけないから」

あたしは、テンダーチャンクスをじっと見つめた。「あたし、もらってもいい？」

「ぼくのシャツを？」

「うん。見て思いだせるように」うそだ。だって、忘《わす》れようがないから。シャツがあってもなくても、関係ない。

テンダーチャンクスは下を向いて、シャツのボタンをはずしはじめた。そしてぬいだシャツを、あたしの前のテーブルに置いた。もう白いアンダーシャツしか着てない。

あたしは、自分の手首をさわった。「あたしのスポンジ・ボブの時計、あげる。こわれてるけどね。でもこの子、ヒーローとして終わりをむかえたんだよ。イジワルな女子四人とけんかして、こわれたんだから」

「へーえ」テンダーチャンクスは腕時計《うでどけい》をつけた。「なんか、強くなれる気がする」

「もう二度とドッグフードなんか食べさせられないね」あたしはテンダーチャンクスのシャツを着て、ボタンをとめた。「どう？　似合《にあ》う？」

「きみがいるなら、ぼくもボーイスカウトに残るんだけどな」

「じゃあ、やめちゃうの？」

テンダーチャンクスは肩《かた》をすくめた。「かわりに、父さんにキャンプに連れていってもらうよ」

あたしは、コホンと咳払《せきばら》いした。息がぜいぜいしてくるのを感じるけど、たのむから いまは起きないでほしい。こんなときにぜん息の発作《ほっさ》なんて、起こしたくない。「キスしてあげてもいいけど、やめとく。男の子を利用して自尊心《じそんしん》を高めようなんて思ってないし」

テンダーチャンクスはうなずいた。「賢《かしこ》いね」

「だけど、まあ、つぎに会ったときならいいかな」

テンダーチャンクスは立ちあがって通路に出ると、バックパックを肩《かた》にかけた。

あたしも、テンダーチャンクスと隊長のあいだに立った。「じゃあね、バイバイ」そういって、手を差しだす。

あたしたちは握手《あくしゅ》した。「バイバイ」

丸一秒、目を閉《と》じる。それからからだを寄《よ》せて、テンダーチャンクスのほっぺたにキスした。「べつにしなくてもよかったんだけど。ちょうどいま、自分への評価《ひょうか》が高くなってるところだし。でも、そっちがキスしてほしそうだったから」

「正解《せいかい》」テンダーチャンクスの目がうるんでる。

「ケーレブに見られないうちに、目、ふいたほうがいいよ」

テンダーチャンクスはうなずいて、ちょっと考えてから、キスしてきた。くちびるに。それから通路を歩いて去っていった。ふいたほうがいいっていってあげたのに、涙《なみだ》がほっぺたをつーっと伝ってるのが見える。あたしはうしろ姿《すがた》を見送りながら、名前と住所をつぶやいてみた。あと、小声でいわれた言葉をぜんぶ。そっとつぶやいて、記憶《きおく》に焼きつける。

それから列車のなかを走りぬけて、日記をつかんだ。書きとめておくために。頭がどうかして忘《わす》れちゃうといけないから。

15

きのうの夜からずっと、アイオワ州フォート・マディソンの外側にいる。いまはお昼すぎで、もうおなじ景色を見るのにあきてる。いくらいい景色でも限界《げんかい》。窓《まど》の外には大豆畑があって、永遠《えいえん》にさざ波が立ってるみたいにそよ風にさわさわ揺《ゆ》れてて、見てるとすごくきれい。そのずっとむこうで、風車が回ってる。だけどあたしは、列車が逆戻《ぎゃくもど》りすればいいのにと思ってる。シカゴにどんどん近づいて、列車のなかで会った人たちをみんなおろしちゃうなんてイヤ。テンダーチャンクスが列車に乗ってたところまで、あたしをもどしてほしい。

ミシシッピ川の水が線路から引いたあとは、線路を総点検《そうてんけん》して安全確認《あんぜんかくにん》をしなきゃいけないって、ドロシアがいってる。

今度動きだしたら、ほんの二、三時間であたしがおりる駅に着く。

あたしは立ちあがって、ハートと花柄《はながら》のバッグのなかを見た。デオドラントスティックをとりだして、わきの下に塗《ぬ》る。チェリー味のリップもつけた。だれもあたしのくちびるなんか気にしてないけど、おいしいから。

日記をなくす可能性《かのうせい》もあるから、テンダーチャンクスの名前と住所を頭のなかでくりかえしいってみる。何度も何度もくりかえして、ちゃんと頭のなかにあるか、たしかめる。

テンダーチャンクスの絵を描《か》いてみようかとも思ったけど、人物画は自信ない。得意だとしても、絵であらわせる気がしない。

あたしは、席にすわった。着てるシャツの、メリットバッジがついてたあたりのほつれた糸を指でさわる。自分が新しいバッジをつくってあげてるところを想像《そうぞう》する。なんのメリットバッジにしようかな。〝このバッジは、自分自身に正直であったから。〟〝このバッジは、自由にものを考えたから。〟テンダーチャンクスのにおいがシャツに残ってる。〝このバッジは、キスがうまいから。〟

テンダーチャンクスのことをママに話したい、気づいたらそう思ってた。おばあちゃんは、あたしがステキな男の子に出会った話なんてぜんぜんききたくないだろうけど、ママなら知りたがるはずだ。そう思ったら、ママのことが、ママの顔が、頭に浮《う》かんできた。たまに、ママの顔もママの声も、忘《わす》れちゃうんじゃないかって思う。べつに忘《わす》れてもかまわないのかも、って。そう思ったとたん、罪悪感《ざいあくかん》におそわれる。そういえばテンダーチャンクスにも、ほかのいろんな人にも、あたしがママにそっくりだっていわれたっけ。えくぼはちがうけど。それだって、笑ったときしか出てこないし、そもそもめったに笑わないし。だから、鏡を見ればいつでも、ママの顔を思いだせる。

精神科医《せいしんかい》たちも社会福祉局《しゃかいふくしきょく》の人たちも、ママは精神的《せいしんてき》に病《や》んでるといってた。ガンみたいなもので、なりたくてなったんじゃないって。精神状態《せいしんじょうたい》を正常《せいじょう》に保《たも》つために、ドラッグをやってるんだって。

だけど、ちがう見方をする人もいた。おばあちゃんは、しょっちゅうママの悪口をいってた。そういうとき、あたしはおばあちゃんにキレて、あたしのママのことをよくそんなふうにいえるね、ってつっかかった。たとえおばあちゃんが悪口をいう直前まで、まったくおなじことを考えてても。

ニールみたいな人に会うと、たばこはからだに悪いのに、死んじゃうかもしれないのに、ボーイフレンドにたのまれてるのに、それでもやめられないのを見て、ママのことが理解《りかい》できるような気がしてくる。だけど、やっぱり心が痛《いた》む。

自分の頭のなかに何があるのかなんていいたくないし、考えたくもない。だけど、ひとりで考えごとをしてるときは、いまみたいに大豆とトウモロコシ畑が水浸《みずびた》しになってるのをじっとながめながら、川の水が引くのを待ってたりすると、頭のなかがぐわんぐわんしてくる。頭のなかがやかましくなって、あたしもママとおなじなんじゃないかって心配になる。どうしたって破滅《はめつ》する運命なんじゃないかって。

だって、あたしが生まれる前から、ママはあんなふうだった。ママは、あたしを生むつもりはなかった。あたしは、「まちがい」だった。ママは口では愛してるっていってたけど、やってることはいってることとちがってたし、あたしがまちがいだってことは、どうしたって避《さ》けられない事実としてつきまとってた。あたしは、ママがしでかした何百ものまちがいのひとつだ。ママにつきまとい、じっと見つめて、ママを必要として、ママに自分がどんな人間かを何かにつけ思いださせた。ママがほんとうだったらいたい場所と、なりたい姿《すがた》と、どれほどかけはなれてるかを思いしらせつづけた。

あたしは、ママとおばあちゃんのあいだを行ったり来たりしてた。ママの状態《じょうたい》がよくなるといっしょに暮《く》らして、またダメになるとおばあちゃんのところにもどる。そのたびにがっかりするのには、もううんざりだった。もうなんにも感じなくなってる気がしたし、感じたくもなかった。

そしてママが病気になって、あたしもママも、ママはこのまま死んじゃうんだろうなと思った。で、ママに、髪《かみ》をグリーンに染《そ》めると宣言《せんげん》した。そうすれば、天国からでもあたしを見つけられるからって。天国なんか信じてないし、たとえそんな場所があったとしても、自分の娘《むすめ》のめんどうも見られない人間を入れてくれるわけないって自信をもっていえるけど。そのあとママがちょっとよくなって、見た目も回復《かいふく》して、肝臓《かんぞう》がまた機能《きのう》しだすと、バカなあたしは、ママがいよいよ懲《こ》りたと信じた。

ママを見つけたのは、あたしだった。

そう口にすることもできない。

口にできない言葉がある。

「針《はり》」っていえない。

「血」っていえない。

「青ざめた顔」っていえない。

「死んだ目」っていえない。

ママが死ぬ前からずっと、あたしは母親のいない子だった。

ふらふらと階段《かいだん》のほうに歩いていく。ドロシアはだれかとしゃべってて、こっちを見てにっこりする。あたしは階段《かいだん》をおりた。トイレと預《あず》けてある荷物の横を通り、「押《お》さないでください」と書いてあるところを押《お》すと、ドアがひらく。あたしはそのまま転がり落ちて、外に着地した。

立ちあがって、走りだした。くだけた岩の横を列車のうしろのほうに向かって走りぬける。列車からはなれるため、焼かれて灰《はい》になって荷物だなの上の黒い箱のなかにおさまってるママからはなれるため、ママの死体を見つけたときみたいに走った。ディーゼルエンジンのにおいのなかを、耳元で虫たちの声をききながら走りぬけ、列車のいちばんうしろまで来ても走りつづけた。

ホイッスルの音と、ドロシアがあたしの名前を叫《さけ》ぶ声がきこえる。ふりかえると、ドロシアが追いかけてくるのが見える。走ってると、よけい太って見える。おしりがじゃまで走りにくいみたいに。走らせちゃって悪いなとは思うけど、止まるわけにはいかない。右にカーブを切って、砂利道《じゃりみち》に出ると、あふれた川の水のせいでべしょべしょで、あたしより背《せ》が高いトウモロコシが道沿《みちぞ》いに並《なら》んで立ってた。見えるのは、ゆるやかなのぼりになってる砂利道《じゃりみち》と、トウモロコシの壁《かべ》だけ。トウモロコシの葉っぱが揺《ゆ》れる音が、あたしに逃《に》げろ逃《に》げろとささやくようにきこえ、自分の靴《くつ》が地面を蹴《け》る音がする。

ママが死んでるのを見つけたとき、あたしは走って逃《に》げだして、しばらく走ってから追いかけてきた警官《けいかん》につかまった。今回あたしは、しばらく走ると自分で止まった。つかれたし、行くところもないし、ドロシアの顔が見たくなったし、走って追いかけさせちゃって悪いなと思ったから。あといちばんの理由は、頭のなかに見えてたもののせいで走りだしたけど、それが見えなくなって、かわりに視界《しかい》がトウモロコシだらけになったから。

あたしは立ちどまって、逃《に》げようとしていた道の先をじっと見つめながら、トウモロコシが育つ音に耳をすませた。

ローラ先生のことを考える。先生はあたしの髪《かみ》にそっと触《ふ》れた。パームスプリングスで、あたしが最後に学校に行った日、先生にバイバイをいったときだ。

思いだしたくない。考えたくもない。だって、心に押《お》しこめた願いをはっきり意識《いしき》しちゃうから。バカみたいな空想だ。先生があたしのママだったらいいのに、って。あんなママじゃなくて。いつも落ちついてて、清潔《せいけつ》な服を着てるローラ先生があたしに、調子はどう？　ってたずねながら髪《かみ》の毛《け》をさわる。そんなこと、考えたくないのに。だって、ぜったいにほんとうにはならないから。罪《つみ》の意識《いしき》でいっぱいになるから。欠点だらけのほんとうのママを裏切《うらぎ》るみたいで。

ドロシアが呼《よ》ぶ声がきこえてきたけど、ニールの靴音《くつおと》のほうが先だった。走ってきたニールがスピードをゆるめて、あたしの二歩くらいうしろで止まる。ニールがゼイハアいいながら、呼吸《こきゅう》を整えてるのがきこえる。あたしも、ゼイハアいってる。そして残りの世界は、呼吸《こきゅう》を止めてる。

ニールの声がした。「何か気分がよくなるようなことをいってあげられたらいいんだけどね」

あたしは、うつむく。しょぼい古い靴《くつ》が目に入る。ピンク色のにせものコンバース。

「追いかけてきたんだ」

「追いかけないとでも思った？」

返事はしない。だけど、頭のなかでは笑顔になってた。追いかけてきてくれて、うれしいから。

「いっしょにもどってくれないか？」ニールがいう。

「あれでも必死でがんばってたの、知ってるんだ」あたしはいう。大粒《おおつぶ》の涙《なみだ》が、靴《くつ》の上にぽとんと落ちる。

ニールは一瞬《いっしゅん》だまった。だれのことをいってるんだろうと考えてるみたいに。「そうだろうね。ぼくも、そう思うよ」

「ドラッグがやめられなかったの」

ニールが砂利《じゃり》の上で足を動かす音がする。「うん……悲しいね」

「ここでバイバイしようと思う」

ニールは何もいわない。あたしは背《せ》を向けたままだから、想像《そうぞう》で、ニールが背《せ》の高いトウモロコシを見まわしてるところを頭に浮《う》かべてみる。

あたしは、うん、とうなずいて、自分がいまいったことを自分にいいきかせた。それからくるっとふりかえった。ニールの整った顔が目に入る。あたしが差しだした手をニールはとって、あたしたちは手をつないでいっしょに列車までもどった。なんか、五歳児《さいじ》みたいな気もするし、百歳《さい》のおばあちゃんみたいな気もする。百五歳《さい》みたいな気もする。

「たばこなんか吸《す》ってなきゃ、もっと早く追いついたのにね」

「やめたよ」

「ほんと？　いつ？」

ニールが腕時計《うでどけい》に目をやる。「十五時間と六分前」

あたしは、何もいわなかった。だけど、みょうに幸せな気分だ。ニールのことが、誇《ほこ》らしい。

「あと、アムトラックもやめるつもりだ。ボーイフレンドといっしょにいられるようにね」

思わず立ちどまって、ニールのほうを向いた。「えっ、そうなの?」

ニールは帽子《ぼうし》をぬいで、髪《かみ》の毛《け》を指でなでつけた。「そろそろいいかなと思って。それにきみもシカゴでおりちゃうしさ」ニールはあたしのほっぺたに触《ふ》れてきた。「きみに会ってしまったいまでは、きみが乗ってない列車ではたらいてるところなんて想像《そうぞう》もできないよ」

「えーっ」それしかいえない。内心、うれしくてたまらなかったけど。

ドロシアがやっと近くまで来た。

「シュッシュ、必要?」

「シュッシュじゃないし」

ニールが、コホンと咳払《せきばら》いする。

あたしは、ドロシアを見つめていった。「だいじょうぶ。吸入器《きゅうにゅうき》は必要ない。あと……テンダーチャンクスにバイバイをいうとき、起こしてくれてありがとう」そう口にしてはじめて、ほんとうにありがとうって思った。

ドロシアが眉《まゆ》を寄《よ》せる。だけど、怒《おこ》ってるせいじゃない。「それをいうために、列車から飛びだしたの？」

「ちがいます」

「もう逃《に》げるのはやめにするのね？」

「はい」

ドロシアはあたしを軽くハグして、無線を口元に当てた。「無事に終わりました。歩いてもどります」

あたしたちは砂利道《じゃりみち》をいっしょに歩いてもどった。ニールがあたしの左手を、ドロシアが右手を握《にぎ》ってる。

あたしは、ドロシアを見つめた。「前に、パパがフランスで映画監督《えいがかんとく》をしてるっていったの、覚えてる？」

「うーん、まあね」

「ほんとにしてるのかも。だけど正直、たぶんちがうと思う。会ったことないし」

「そう」

「パパもたぶん、ママとおんなじ理由で死んだんじゃないかな」ああ、イヤだ。ほんとうにイヤ。だけどいまイヤだと感じてる心は、ひねくれてもいないし、ざわついてもいない。


ちゃんとドロシアに口に出していえたことで、気分がよくなった。ドロシアは讃美歌《さんびか》をうたうような声でうたいはじめた。すごくきれいな歌で、苦難《くなん》の道とか勝利への道とか、そんな歌詞《かし》。あたしはドロシアとニールの手を両方とも、ぎゅっと握《にぎ》りしめた。だけど、この手はもうすぐはなさなきゃいけない。

まだ一ミリも動いてない列車にもどると、あたしはトイレにかくれて、だれからも見られないようにした。大きめのトイレのひとつで、あたしは小さい木のたなの上にすわってる。ここはくさいけど、客車の自分の席にはすわらない。ほかの乗客たちにじろじろ見られるよりマシだ。

しばらくして、あたしは立ちあがり、鏡に映《うつ》ってる女の子をじっと見た。

「どこに行くつもりだったの？」女の子がきく。

「わかんない。遠く」

女の子があたしを見つめる。だまったまま、考えなしな行動をバカにしてる。あたしも、見つめかえす。どっちが目をそらすかの勝負だ。負けたのはあたし。

「前より大人に見える」あたしはいう。「まだ十歳《さい》くらいに見えるかと思ってたけど」

女の子がうなずく。「時間はどんどんすぎていくから。人生がつづかなくても」

あたしは、しばらく女の子を見つめる。こっちを見つめかえす顔は、きびしく見えるときもあるし、やわらかく見えるときもある。だけどあたしは女の子を見つめてるし、むこうも見つめてくる。

「で、ローラせん……」

そこから先はいえない。女の子はちょっとイラッとした顔でこっちを見る。なんでいえないの、って。ローラ先生から、鏡のなかにいる女の子に、愛してるっていう練習をしろっていわれた。本気でいえるようになるまで練習しなきゃダメだって。だけど、一度もいえたことがない。

「愛してる」女の子がいう。鏡のなかから。あたしは、チェリー味のリップを塗《ぬ》った女の子のくちびるが動くのを見て、言葉をきいた。おなじことを口にできない。たぶん、わかってくれてるはずだ。でも、ちゃんと言葉でききたいような顔をしてる。いつか、もうすぐ、ちゃんといおう。

16

ミシシッピ川の水が引いて、列車は一時間後には出発できるようになったらしい。

いよいよだ。もう、ほんとうにあと少しなんだ。頭のなかがそんな思いでいっぱいになって、あたしは爪《つめ》をかみはじめた。

列車をいったん飛びだしてもどってきてからずっと、頭の上の荷物だなにある黒い箱のことを考えてる。

ただの箱じゃない。灰《はい》だ。ママの灰《はい》が入ってる。ここで置いていくんだ。重たすぎる。ずしんとくる。それに、ママを休ませてあげたい。

って……いうのはカンタンだけど。

あたしは立ちあがって、ハートと花柄《はながら》のバッグをたなからおろした。ブラシをとりだして、髪《かみ》をとかす。チェリー味のリップをつけるけど、味がわからない。

箱は、バッグの横にちゃんとある。両手でおろして、通路側の席にすわって、箱をひざの上で抱《かか》える。

かたい黒のプラスチックで、見た目よりずっと重たい。メイクボックスみたいな四角で、ちょっとだけ大きい。箱の上にはママのフルネームがあって、上から透明《とうめい》なテープがはってある。ハンナ・ホープ・ヒューズ。ママの誕生日《たんじょうび》と命日、それから遺体《いたい》を灰《はい》にした火葬場《かそうば》の名前も書いてある。

ドロシアが歩いてきた。あたしは、ドロシアがいつもすわってる通路側の席にいる。顔を見なくても、ドロシアが箱の上に書いてある文字を読んでるのがわかる。

「まあ。これって……」ドロシアがあたしの肩《かた》に手を置く。「お母さん？」

あたしはうなずく。

「ここまで運んでたのね。たいへんだったでしょう」

「ずっときたかったんだ。灰《はい》をまきたいって考えてたから。ここの、原っぱに。そうすればママも休めるから」

ドロシアはしばらくだまってた。きっと頭のなかで、規則《きそく》をいくつやぶることになるのか考えてるんだろう。そして、無線を口元にもってきた。

「ニール。あなたのお気に入りの乗客の席まで来てちょうだい」

すぐにニールが、あたしたちのいる車両に入ってきた。最悪の事態《じたい》を想像《そうぞう》してるみたいな顔をしてる。ドロシアが近寄《ちかよ》っていき、ふたりして小さい声でしばらく話す。それから、ふたりであたしの席まで来て、ドロシアが口をひらいた。

「箱以外に必要になりそうなもの、ある？」

あたしはちょっと考えてから、首を横にふった。

「そう、わかったわ。じゃあ、行きましょう」

ドロシアが先頭で、重たそうな足どりで歩いていく。ニールは、あたしのうしろにいる。

あたしたちは階段《かいだん》をおりて、ついさっきあたしが脱走《だっそう》した出口の前に来た。ドロシアがレバーを押《お》してドアをあけ、黄色いステップをおろす。外に出て、昼間の光を浴びる。気温もさっきよりあがってる。やけにしんとしてて、虫たちもお行儀《ぎょうぎ》よくしてるみたいだ。あたしたちは、しばらくその場に立ってた。ドロシアがいう。「先に行きなさい」

あたしはさっきとおなじように列車のうしろのほうまで歩いていった。箱はしっかり抱《かか》えてる。レールの横を歩いて、それから砂利道《じゃりみち》に入って、原っぱに出る。頭にあったのはトウモロコシのあいだだったけど、さっきより高い場所に来ると、目の前に深い緑の森が見えた。

「あんまり遠くはムリよ」

「あの森、よさそう」あたしはいう。

近づいていくと、森がどんどんくっきり見えてくる。明るすぎず、落ちつく感じ。『くまのプーさん』に出てくる〝100エーカーの森〟と、そうかわらない大きさだ。あたしがまだ小さくてママがものすごくがんばってたころ、よくプーさんの絵本を読んでくれた。

原っぱが終わって森が始まるところに、「狩猟禁止《しゅりょうきんし》」の看板《かんばん》がある。よかった。ママはベジタリアンだし、あたしのこともそういうふうに育てた。

あたしたちは、木陰《こかげ》のなかに入っていった。リスが木をのぼる音がする。

三十四歩、数える。ママが死んだ年だ。それから、オークの木の前でしゃがんだ。ドロシアとニールが、あたしのうしろに立つ。

プラスチックのつまみを押《お》すと、箱がひらいた。なかからビニール袋《ぶくろ》をとりだして、両手でもつ。

留《と》め金《がね》をあける道具がないので、袋《ふくろ》を歯でかみきった。砂《すな》みたいな色の灰《はい》になったママを、地面にまく。

とっさに、人差し指をなめて、地面にまいた灰《はい》を少しその指につけた。そしてTシャツとボーイスカウトのシャツのすそをまくって、その灰《はい》をおへそにくっつけた。あたしとママが昔つながってた場所だ。まるでしょっちゅうやってる儀式《ぎしき》みたいに、あたしはそれをおこなった。毎日やってるみたいに。あたしのまわりじゃみんなしてます、みたいに。ほかのだれかのためにやってるみたいに。だって、自分でもまだはっきり意味がわかってないから。

手さぐりで、角がぎざぎざになってる石をさがす。すばらしい業績《ぎょうせき》を残して、図書館や美術館《びじゅつかん》や大学に名前を刻《きざ》んだ人がいる。その人にとっては、それがメリットバッジだ。

ママの名前をオークの木の幹《みき》に石で引っかいて刻《きざ》んだ。涙《なみだ》でぼやけてるけど、これがママのメリットバッジだ。

「あたしのこと、誇《ほこ》りに思って」あたしはいう。返事をしたのは鳥だけだ。ママの顔が見える。うすいブロンドの髪《かみ》にふちどられた、きれいでふさぎこんだ顔。あたしのことを、もっていたいけど、もちつづけることができないうつくしいものみたいに見つめてる。しばらくそのまま、涙《なみだ》でオークの木に水をあげつづけた。

とうとうあたしは立ちあがって、ドロシアとニールのほうを向いた。ふたりの目もぬれてる。あたしが横を通りすぎるとき、ふたりはあたしの表情《ひょうじょう》をうかがう。そしてだまってあたしのあとをついてきた。だんだん光が木のあいだからもれてきた。砂利道《じゃりみち》に出て、トウモロコシの横を歩いて、線路に来ると、黄色いステップをあがって、列車にもどった。

17

列車は走っていく。シカゴに向かって走り、ママからどんどんはなれていく。

ローラ先生から、ママのことで頭に来たり悲しくなったりしたら、ママのいいところを思いだすようにするといい、といわれた。だけど、そうしようと思って記《き》憶《おく》のなかをさぐるといつも、ママにキレる理由ばっかり思いつく。あと、ママのことで悲しくなる理由と、あんなママをもった自分をかわいそうに思う理由。

ローラ先生は、おばあちゃんのこともおなじようにするといいといってた。だからあたしは、おばあちゃんがパンケーキをつくってるのをながめてるときのことを思いだした。心のなかに、おばあちゃんが材料をはかってるところを思いえがく。小麦粉、砂糖《さとう》、塩、ベーキングパウダー。卵《たまご》を割《わ》って、材料を混《ま》ぜあわせて、アツアツの鉄のフライパンに生地《きじ》を注ぎこむ。

思いだすのは、パンケーキをつくってるおばあちゃんと、パンケーキのにおいと、コップに入った冷たいミルクと、パンケーキの上でとろけてるバターとたらりとかかったシロップ。おばあちゃんは、パンケーキをつくってるときも、あたしが食べてるときも、ひと言もしゃべらなかった。だけどパンケーキをつくることで、最初からゆっくりていねいにつくることで、いろんなことを語ってたんだ。たぶん。あたしがパンケーキを食べてるあいだ、おばあちゃんは窓《まど》から朝の景色をながめながらメンソールのたばこを吸《す》ってたけど、そういう朝は、あたしのおばあちゃんだって心から思えた。

それがママだと、どうしてもいいことを思いつけない。こわいこととか、救急車とか、あたしが日記に最後に書いたバカみたいな言葉とか、そんなのだけ。

日記を見るつもりはないけど、列車の席にすわって窓《まど》の外を大豆畑が流れていくとき、はっきりと言葉がきこえてくる。あの最後に書いた言葉が。ずいぶん前に書いたものだ。

字だってすごく幼《おさな》い。日記は見ないけど、記憶《きおく》のなかにあの言葉がはっきりと見える。そしていま、はっきりときこえてくる。哀《あわ》れな、何も知らない十歳《さい》の女の子の声で。

ママはすごくがんばってる。

その女の子が憎《にく》らしい。バカな十歳《さい》の女の子。何もかもうまくいくようになるって信じこんでた子。ママはもう悪いことなんかしてないはずだって思ってた子。そのせいで何度も何度も懲《こ》りずに傷《きず》ついては失望してた子。

あたしは、ぱっと立ちあがった。通路を走る。まわりの人には、あたしは頭がおかしくなったように見えてるってわかる。まあ、そうなのかも。

階段《かいだん》を二段《だん》飛ばしでおりて、トイレに飛びこんで、ドアをバタンと閉《し》める。

鏡に映《うつ》ってる女の子は、あたしに負けずに怒《おこ》ってるみたいに見える。

「ママはすごくがんばってる」女の子が、からかうみたいにいう。「バッカじゃないの」

胸《むね》につきささったけど、それで終わりじゃなかった。

「だれもあんたなんか愛してくれないよ。バカだから。見苦しいグリーンの髪《かみ》をした、なんにもわかってない無知な子どもだから。あんたがたいせつに思う人はみんな、あんたの元から去るんだよ。去らなくても、死んじゃうから、どっちにしてもおわかれだね」

女の子の顔は、憎《にく》しみに満ちてる。

「泣かせようとしてもムダだよ」あたしはいう。

「あ、そ。まあね、あんたって、パスワードだもんね。さぞかしママに愛されてたんだろうねー。だって、あんたの名前をメールのパスワードにしてたくらいだから！」

「だまれ！」

「死んだジャンキーのメールのパスワードに使われるって、よーっぽどトクベツだったんだよねー」

「あんたなんか大っきらい！」

「あきらめちゃえばいいじゃん？　ママみたいに」

思わずこぶしで殴《なぐ》りつけた。こぶしをたたきつけると、女の子にひびが入り、血が飛び散った。あたしは、便器を蹴《け》っとばした。何度も何度も蹴《け》ったら、便器がこわれて、ふたと便座《べんざ》にひびが入って割《わ》れた。ドアを押《お》しあけようとしたけど、両手から血が流れてるから、かかとで蹴《け》とばしたら、にせもののコンバースのソールが片方《かたほう》はがれて、ドアのちょうつがいがはずれた。反対側に立ってるおばあさんが、ぎょっとした顔をしてる。あたしはおばあさんをムシしてさっさと階段《かいだん》をあがり、スニーカーが片方《かたほう》ぬげたまま通路を歩いて席にもどった。

ハートと花柄《はながら》のバッグをつかむ。なかに日記が入ってる。ぱらぱらめくって、心が痛《いた》い言葉が書いてあるページをひらく。血が腕《うで》を伝うけど、あたしはそのページをやぶる。足を引きずりながら通路を歩いてたら、ドロシアが目の前に見えたので、回れ右をした。そっちの方向にはペンギン車掌《しゃしょう》がいるけど、思いきって突破《とっぱ》しようとした。するとボーイスカウトのシャツをつかまれて、ボタンがちぎれた。ペンギン車掌《しゃしょう》がシャツのすそを握《にぎ》りしめ、床《ゆか》に転んで、あたしの足にタックルしてつかむ。あたしは通路につっぷした。

目の前にある自分の両手を見ると、だらだら出血してる。ドロシアの叫《さけ》び声《ごえ》がきこえるけど、何をいってるのかはわからない。自分が呼吸《こきゅう》をしようとしてぜいぜいいってるのがきこえるけど、うまくできない。

ふしぎと、落ちついてる。引っぱって起こされて、おとなしく吸入器《きゅうにゅうき》を口に当てられた。そしてそのまま、展望《てんぼう》ラウンジに連れていかれた。ペンギン車掌《しゃしょう》がとなりにすわってあたしが通路に出られないようにブロックしてるあいだ、ドロシアが包帯をとりに行った。やっぱりあたしは、人に助けてもらわなきゃなんにもできない。バカな十三歳《さい》だ。

呼吸《こきゅう》が落ちついてきて、手足のふるえもおさまった。気づいたら、カルロスが向かいにすわってた。あたしのピンク色のにせものコンバースをもってる。カルロスが粘着《ねんちゃく》テープでソールをはりつけてくれて、ドロシアはあたしの手をガーゼで包んでくれた。ボーイスカウトのシャツに血がついてるし、包帯にもにじんでる。日記のやぶったページには、血だらけの指紋《しもん》がついてる。

カルロスはスニーカーの修理《しゅうり》を終えると、日記のページを手にとって、じっとながめた。血だらけでも、黒いインクは読める。「ママはすごくがんばってる」カルロスはページを置いて、目をごしごしこすった。

「泣かせようとしてもムダだからね」あたしはいった。なんでそんなことをいったのか、わかんないけど。

カルロスは、いままで見たことがない表情《ひょうじょう》をしてる。「詩人になりたかったら、たまには声を出して泣《な》き叫《さけ》べるようにならなくちゃいけないよ」

「なんであたしが詩人になりたいなんて思うの？」

カルロスはまた、手のひらで両目をこすった。「きみは、ほかの人たちが見ていないものを見ている」なんか、おそろしい診断結果《しんだんけっか》を告《つ》げるときみたいなじれったいいい方だ。「きみの目には光が灯《とも》っている」

「えっ、それ……」

「前にもいわれたことがある？　だとしたら、詩人だな。詩人には詩人がわかるんだ」

「機会があったらカルロスの本、買うつもりだよ。読んだら感想を手紙に書くね」

カルロスはまじめな顔のままだ。あたしの血がにじんだ包帯をじっと見てる。「鏡のなかの女の子に腹《はら》が立った？」

なんか、心のなかを読まれてるみたい。「うん」

「どうして？」

ちょっと考えてみる。そういえば、理由なんて考えたことなかった。「理由は……わかんない」

「いろいろなことを感じてしまうせい？」

あたしはうなずく。

「その子が心に希望を抱《いだ》いてるせい？」

あたしはまたうなずく。

カルロスは両手をひらいたり閉《と》じたりしてる。「もっともすばらしい人たちは、いろいろ感じることができて、心に希望を抱《いだ》いている人間だよ。まあ、それはときに、傷《きず》ついたり失望したりするということだけれどね。ときにどころか、つねに傷《きず》ついたり失望したりしているかもしれない」

あたしは目をそらして、あたしの手当てを終えたドロシアの両手を見つめた。

「ここにカルロスといてちょうだい。わたしは、報告書《ほうこくしょ》をとってくるから」ドロシアがいって立ちあがる。「どういうわけか最近、報告書《ほうこくしょ》ばかり書いてるから切らしちゃったの」そういって、あたしにハートと花柄《はながら》のバッグを手わたす。「もう、カルロスを残してまた脱走《だっそう》する口実はないわよ」

ドロシアは歩いていった。

カルロスがバッグをまじまじと見る。「うーん、ハートとかお花とかいうタイプじゃないと思っていたけどなあ」

あたしはバッグのなかに手をのばして、チェリー味のリップをとりだした。両手にケガをして包帯を巻《ま》いてるから、キャップがうまくはずせない。しかも、怒《いか》りがおさまってきたら、だんだん痛《いた》みがひどくなってきた。あたしはリップを塗《ぬ》ると、カルロスにどうぞと差しだした。

カルロスは、ちょこっと笑った。「遠慮《えんりょ》しとくよ。ありがとう」

あたしは、リップを引っこめた。

「あ、いや、やっぱり塗《ぬ》ってみようかな。人生経験《じんせいけいけん》のひとつとして」

あたしは、リップをわたした。カルロスはキャップをはずして、においをかぐと、眉《まゆ》をくいっとあげた。そして、くちびるに塗《ぬ》った。「うーん、おいしい」そういって、くちびるをなめる。「これはクセになるな」

「うん、なるよ」

カルロスはえりを直した。毎日、ちがうシャツを着てる。「で、ライダー？　いままでのところ、行き先をうまいこと明かさずにすませているね。それをいうなら、個人的《こじんてき》なことはほとんどなんにも教えてもらってないが」

「謎《なぞ》めいた雰囲気《ふんいき》、でしょ？」

カルロスはにっこりして、うんうんとうなずき、コーヒーをひと口のんだ。

「そっちは？　カルロスのことであたしが知ってるのって、もう大人になった子どもがいて、クロスワードが好きで、毎日ちゃんと服を着かえてるってことだけ」

「わたしという人間を要約すると、ちょうどそんな感じだ」

「ううん、もっとあるはず。服はどこで着かえてるの？」

「寝台車《しんだいしゃ》をとってもらっているから、ぜいたくな旅ができてるんだよ。だが、たくさんの人といっしょにいたいんだ。きみみたいな」

「とってもらってるって？　だれに？」

「アムトラックだよ。報酬《ほうしゅう》と寝台車《しんだいしゃ》の部屋をもらって、列車に乗って、列車の旅についての詩を書いている」

「ええっ。ほんと？　すごい！」

「なかなかいい仕事だ。詩人としてはこんなに見返りの多いことはめったにない。なにしろ、粘着《ねんちゃく》テープで靴《くつ》を修理《しゅうり》する方法を知っているくらいだからね」

カルロスはあたしのスニーカーをテーブル越《ご》しによこした。わあ、すごくきれいに直ってる。あたしは、スニーカーをはいた。

「詩人といえば……」あたしはバッグのなかから、『吠《ほ》える』をとりだした。「これ書いた人、知ってる？」

カルロスは、詩集を手にとった。「知っているも何も。ああ、もちろんだ。おそらくわたしがいちばん好きな詩集だ」カルロスはページをぱらぱらめくって、最初のページで手を止めると、じっと見つめた。そして、あたしの目をのぞきこんだ。「これはすごい。どこでこのサイン本を手に入れたんだ？　ほんものか？」

「えっ？」

カルロスは、タイトルが書いてあるページを見せてきた。黒いインクでサインがふたつ、書いてある。

「これはギンズバーグのサインで、こっちはローレンス・ファーリンゲッティのサインだ。この詩集の発行者で、自身も詩を書いている。すばらしい詩人だ。そのサインがふたつとも？」

「めずらしいの？」

カルロスは、ひたすらあたしを見つめてる。

そういえば、あたしがこの本をもらっとくっていったとき……テンダーチャンクスの表情《ひょうじょう》を思いだして、背筋《せすじ》がぞくっとする。「テンダーチャンクスがくれたの」

「テンダーチャンクス？」

あたしは、ボーイスカウトのシャツのえりを引っぱって、カルロスに、ほらこのシャツの、と伝えた。

「おお、そうか。自分のシャツと、『吠《ほ》える』のサイン本か」

「人生かわるかもっていってた。じっさい、そんな気がしてる。なんか、あたしのために書かれたんじゃないかって気がする」

カルロスは、ちょっと首をかしげてあたしをじっと見てる。「ああ。この本も五十年以上もかかって、何度か持ち主をかえてきたんだろうけど、おそらくやっと、ほんとうの持ち主を見つけたんだろう」

その瞬間《しゅんかん》、はっきりと思った。あたし、詩人になる。手が治ったらすぐ、詩を書こう。一作目は、日記に最後に書いた言葉から始めよう。「ママはすごくがんばってる」

「テンダーチャンクスはこれで、キスくらいしてもらえたのかなあ」カルロスがいって、あたしの表情《ひょうじょう》をさぐる。

あたしは答えない。笑顔も見せないようにしてる。カルロスが、あたしのかわりににっこりする。そのときドロシアがとなりに来て、あたしの前に用紙を置いた。

「いい？　くだらない報告書《ほうこくしょ》ばっかり書かされて腱鞘炎《けんしょうえん》になりそうなの。たのむから、これで最後にしてちょうだい」

そのあと、あたしはドロシアに、下の階にニールに会いに行ってきてもいいか、たずねた。

「その前に、シカゴに着いたときのことを話しあっておかなくちゃ」ドロシアは紙を広げる。

「話しあい？　ってことは、あたしも意見をいえるの？」

ドロシアは答えずに、鼻歌をうたうような調子で紙に書いてあることを読んでる。どこか楽しい場所の設備《せつび》について説明するみたいに。あたしがやっぱりじつはディズニーランドに向かってるところだというみたいに。

「シカゴのユニオン駅で下車する際《さい》、本人と荷物のそばをはなれないこと。ホームにて、バーニー巡査《じゅんさ》か代理の信任状《しんにんじょう》の持ち主と落ちあい、本人のかわりにサインをする。その後は、管理責任《かんりせきにん》からはずれる」

あたしは、窓《まど》の外を見た。野原が減《へ》って、だんだん住宅《じゅうたく》が増《ふ》えてきた。シカゴがどんどん近づいてる。

「バーニー巡査《じゅんさ》が本人をクック郡の社会福祉局《しゃかいふくしきょく》まで連れていく。今後の保護者《ほごしゃ》となる親族への引きあわせに先立ち、本人に注意事項《ちゅういじこう》を伝え、寄生虫感染《きせいちゅうかんせん》の検査《けんさ》を受けさせる」

カルロスが、コホンと咳払《せきばら》いをする。

「あたし、シラミなんかいないけど」

「声に出して読むようなことじゃなかったわね」ドロシアは紙を折りたたんで片《かた》づける。

「シカゴに着いてからのことは、心配いらないわね」ドロシアはあたしの手をぽんぽんとたたいてから、立ちあがり、通路を歩いていった。

残されたあたしは、窓《まど》から目をはなして、カルロスの顔を見た。

「めちゃくちゃ年とってるんだよ」

「え？　だれが？」

「大おじさん」

カルロスは、くちびるの片方《かたほう》をくいっとあげて笑った。

「知ってるのはそれだけ。あと、あたしがいっしょに住むと毎月の支出《ししゅつ》が増《ふ》えるようになるだろうってこと」

カルロスは、あたしをじっと見てる。ローラ先生みたい。あと、ニールも。あたしがつぎに何をいうか、じっと待ってる。

「なんか、家系図《ファミリーツリー》って木が枝《えだ》をのばしてるけど、あたしたちの枝《えだ》、病《や》んでるみたい。死んでるか死にかけてるかで、いちばん先っぽについてる小さい葉っぱはまだ緑色。または、小さくてまだ熟《じゅく》してない実がひとつあって、枝《えだ》が死んでることに気づいてないの。だけど、その小さい葉っぱは、風でいまにも吹《ふ》きとばされそう」あたしは、爪《つめ》をかんだ。

「それか、その小さい実は、いまにも地面に落ちそう。やっと、そのことに気づいたの」

カルロスは、いすにすわったままもぞもぞ動いた。両手を組んでテーブルの上に置く。そして、こっちにかがみこんできた。「その小さい葉っぱは、風に吹《ふ》きとばされたとき、どうするんだろう？」

あたしは肩《かた》をすくめた。「飛ぼうとする」

「じゃあ、その小さい実は、地面に落ちたらどうする？」

ちゃんと真《ま》に受けてたずねてくれるなんて、信じられないくらいやさしい。「地上を走っていく」

「すごくいい答えだ」カルロスの目がうるんでる。あたしの目にも、涙《なみだ》が浮《う》かんでる。

「そのシャツにメリットバッジをつけなきゃいけないな」

あたしは、ポケットの上のあたりを見下ろした。バッジがついてたところの糸がほつれてる。「テンダーチャンクスがはぎとっちゃったの」

「おそらく、くれた人が気に入らなかったんだろう」カルロスは自分の日記帳をひらいて、えんぴつを動かしはじめた。「だが、これならつけておきたいと思ってくれるんじゃないかな」

身を乗りだして見ると、カルロスは、小さい四角を描《か》いてる。すると、カルロスはもう片方《かたほう》の手で絵をかくした。

「のぞき見禁止《きんし》だ」カルロスは紙を折ってから裂《さ》いて、小さいバッジみたいな形にした。スニーカーを直した粘着《ねんちゃく》テープを使って補強《ほきょう》して、こっちによこす。「わたしの知っているかぎり最高の栄誉《えいよ》をここに授《さず》けよう」

あたしは、手のひらにのってるものを見た。昔っぽいペンの絵と、「詩人」という言葉。「あたしが？」

カルロスがうなずく。「もちろんだ」

「だってまだ、ひとつも書いてないよ」

カルロスは、じれったそうな顔であたしを見る。「紙に書いてないだけじゃないか」

あたしはそのバッジをシャツにつけた。テンダーチャンクスがはぎとったバッジがついてたポケットの上に。「でも、これから書くよ」

「ああ、書くだろうね」カルロスが立ちあがる。テーブルの上で『吠《ほ》える』をこっちにすべらせる。「この本に血をつけないように」そういって、首を横にふる。「いや、どうだろう。つけたほうがいいのかもしれない。さらに価値《かち》が出るかもな」カルロスはにっこりして、粘着《ねんちゃく》テープと日記帳をもって、テーブルをはなれた。

あたしは、カルロスのうしろ姿《すがた》を見送ってから、自分の新しいバッジを見下ろした。すでに詩人気分だ。

窓《まど》の外を、イリノイ州の景色がびゅんびゅん流れていく。あたしは階段《かいだん》をおりて、売店に向かった。カウンターに近づいていく。

「おやつの時間かな？」ニールがいう。

「そうしたいとこだけど、ほんとにほんとうのことをいうとあたし、ロサンゼルスのユニオン駅のコンビニでお金を使いはたしちゃったの。しかも、かせごうとするとかならず、ドロシアにじゃまされるし。だから、持ち金ゼロで、めちゃくちゃお腹《なか》すいてて、で、まあ、おやつは食べたい。ニールはすごくやさしいけど、あたしがずっと、ニールとカルロスをどれだけたよりにしてたか、たぶんわかってなかったと思う。だから、ほんとうのことを打ち明けに来た」あたしはコホンと咳払《せきばら》いをした。しゃべってたら、喉《のど》がつまってきたから。「お腹《なか》ぺこぺこ」

ニールはビックリした顔をした。「ぜんぜん気づかなかった。というか、なんとなく感じてはいたけど、まさか……」

「自分が悪いの。ちゃんといえばよかった。正直に、食べるものがないっていえばよかった」

ニールは、まいったなというふうに首をふった。「たのむから、食べたいものをなんでももっていってくれ。お腹《なか》いっぱいになるまで食べるといい。そして、悪かった。気づいてあげるべきだった。何度も気づくチャンスはあったのに、けっきょく打ち明けさせてしまった」

この人、大好き。いまなら、全人類が大好き。あたしはオレンジとベジバーガーとリンゴを手にとった。

「あと、ネイトとかニックとかいろいろまちがえて呼《よ》んでたけど、名前覚えてないフリしてただけだから。名前を覚えてるのを知られたら、くだらない妄想《もうそう》を抱《いだ》いてるのに気づかれちゃいそうでこわかったの。ニールがパパだったら、って。だけど、そんなことは現実《げんじつ》になりっこないから、知られてもいいかなって」

「お、おう。なんていったらいいかわからないけど」

「あと、トランプで勝ってもらったお金を返したあと、テンダーチャンクスがまたもどしてくれたの。だから、ニールに払《はら》おうと思えば払《はら》えたのに、ラ・フンタの駅で小さい女の子からこのブレスレット買うのに使っちゃった」あたしは腕《うで》をあげて、ブレスレットを見せた。

「すごくかわいいよ」

「これ、もっててほしい。これを買ったお金、ほんとうはニールに払《はら》わなきゃいけなかったものだし」

「ぼくの金じゃない。アムトラックのだ」

「だけど、アムトラックにはわたせないし。アムトラックは、このブレスレットほしくないだろうし」

ニールはにっこりしたけど、泣きそうな顔に見える。「ぼくはほしいよ。ありがとう、ラ・イ・ダー」

あたしがブレスレットをはずすと、ニールは腕《うで》を差しだした。ニールの手首はカンペキだけど、ブレスレットはなんかこぢんまりとおさまってる。

「この色……これからこの色を見るたびに、いっしょに旅した景色を思いだすだろうな。きみがぼくの人生をかえてくれた旅だ」

「どういう意味？」

ニールがスツールに腰《こし》かける。「きみは、ぼくがたばこを吸《す》ってることにがっかりして、そして心配してくれた。そのおかげで、ボーイフレンドのつらい気持ちを思いやれるようになった」

「チャック」

「そう、チャック。きみとは会ったばかりだけど、チャックとぼくは、もう何年もいっしょにすごしてきたのにね」

あたしは、うなずいた。ママのことを考えてる。

「きみが経験《けいけん》してきたことを考えると、どんなにかお母さんのことが心配だっただろう。どれほど、お母さんがやめることを願って……」ニールに心を読まれてる。ニールはそでで目をぬぐった。「ぼくには家がある。愛する人と、ぼくを愛してくれて待っててくれる人と、ふたりで暮《く》らす家が。それがどんなに幸せなことか、きみが教えてくれた」

目の奥《おく》がじんじんする。「べつに教えるつもりなんか、なかったし」

「いつか、きみにもできるよ。家ができる。きみを愛する人が待ってる家がね」ニールはあたしの手に手を重ねた。「もうすぐだよ、きっと」

この三日間、あたしには家があった。列車のなかに。あたしは、弱々しく笑った。

ニールが車掌《しゃしょう》さんの帽子《ぼうし》をとって、あたしの頭にかぶせる。

「雨がふるといけないから」

18

何か食べてるあいだは、悲しい気持ちがまぎれる。でも、ニールからもらったものを食べおわると、展望《てんぼう》ラウンジの窓《まど》からの景色がどんどんもの悲しく見えてきた。もうどうしようもなくさみしくなってきたのは、ネイパービル駅をすぎたとき。終点のひとつ手前の駅だ。

とうとう終わる。終わりばっかり。また終わりが来る。

あたしは展望《てんぼう》ラウンジを出た。カルロスににっこりする。またすぐに会えるみたいに。あとでほんとうのバイバイをいうチャンスがあるみたいに。だけどたぶん、そんなときは来ない。

あたしはいつも、終わるときに泣く。だけど、いまは泣かない。だから、できればエンディングの前に退場《たいじょう》する。カルロスは寝台車《しんだいしゃ》からおりて、人ごみにまぎれて見えなくなるだろう。そうしたらあたしは、またべつのベージュの制服《せいふく》を着てベージュの帽子《ぼうし》をかぶった人に連れていかれる。

ふさぎこんですわってると、シカゴの住宅街《じゅうたくがい》が窓《まど》の外をどんどん流れていく。反対側から来る貨物列車とすれちがう。タンカーと、屋根も壁《かべ》もない貨車と、屋根つきの貨車、貨車、貨車。八百メートルくらいある。

ドロシアがやってきて、通路に立つと、手を差しだした。つかれた顔をしてる。長旅だったし、あたしもさんざん手を焼かせた。

「さ、いらっしゃい」

あたしは目をそらす。だけど、通路側にするっと移動《いどう》して、立ちあがる。あとをついて歩いてると、ドロシアが無線に向かって何かいってる。なんだか、まずいことになってるような気がする。列車のなかでやらかしてきた悪行のせいで、とうとう悪いことが起きようとしてるみたいな。

あたしたちは連結部をぬけて、展望《てんぼう》ラウンジに出て、階段《かいだん》の上で立ちどまった。

「ニーーーール！」ドロシアが階段《かいだん》の下に向かって叫《さけ》ぶ。それからあたしたちはまた歩きつづけて、また連結部をぬけて、豪華《ごうか》な白いテーブルクロスがかかった食堂車に入っていく。テンダーチャンクスといっしょにすわったテーブルがある。それから、寝《しん》台車《だいしゃ》のなかに入って通りぬけ、またべつの寝台車《しんだいしゃ》も通りぬけた。ニールがうしろにやってくる。あたしがふりむくと、ニールはにっこりする。

あたしたちは階段《かいだん》をおり、出口近くにあるトイレのひとつの横に立つ。窓《まど》の外を見ると、列車がどんどんスピードをゆるめるのがわかる。もうすぐだ。

「あたし、列車から放りだされるの？」あたしはたずねる。

ドロシアが、身をよじってげらげら笑う。

ニールがあたしの肩《かた》に手を置く。「バレちゃったら仕方ないな」

ドロシアがニールの背中《せなか》をぴしゃりとたたく。「ほら、いいものがあるのよね」

ニールがベストのポケットに手をつっこんだ。「きみにわたしたいものがあるんだ。

カルロスのまねをしたんだけどね」

「いそがなきゃ」ドロシアがおしりのポケットから何やらとりだす。「ニールには、『臨《りん》機《き》応《おう》変《へん》』って書くべきだっていわれたけど、小さいバッジに入れるには字が多すぎて」

銀貨くらいの大きさのボタンだ。マスキングテープがはってあって、その上にドロシアが電球の絵を描《か》いて、「器用」って文字が書いてある。

ドロシアは、テンダーチャンクスからもらったボーイスカウトのシャツにそのバッジをとめた。「電球の絵は、あなたが賢《かしこ》いことをどんどん思いつくっていう意味よ」

「よかった、『問題児』って書かれなくて」泣きたくない。ぜったい泣かない。

ドロシアがあたしの肩《かた》に手を置く。「問題児だったとはいわない。ただ、どんなに問題を起こされたとしても、あなたにはそれだけの価値《かち》があるわ」

「ママの灰《はい》をまかせてくれて、ありがとう。ほかにもいろいろ」

ドロシアは、今度はしっかりあたしを抱《だ》きしめた。あたしも、ドロシアを抱《だ》きしめた。

「メリットバッジに書く言葉をひとつにしぼるのに苦労したよ」ニールがいう。「だから、いちばん役に立ちそうな言葉を選んだ」ニールはふるえる手で、あたしにバッジをとめてくれた。「そのおかげで、きみはここまで来られた」

ボタンを見下ろすと、「強さ」って言葉がハートの絵のなかに書いてあった。

「なんていったらいいか、わかんない」ほんとうにわからなかった。頭のなかで、鏡に映《うつ》るグリーンの髪《かみ》をした女の子を思いえがく。あの子、ほんとうにみんなからこんなふうにいわれる子かな。そうだといいな。

列車が止まる。

窓《まど》の外を見た。空は灰色《はいいろ》だ。あたしたちは、窓《まど》がこわれた古いレンガの工場の横にいる。ドロシアがドアをあけると、夏の街のにおいが入ってくる。遠い昔にこんな香《かお》りをかいだことがある。パームスプリングスのにおいとはちがう。あそこは、ほとんどいつも夏だから。ニールがレールの上に飛びおりて、あたしのほうに腕《うで》をのばす。

「おいで！　早く！」

あたしはニールの手をつかんで、腕《うで》のなかに飛びこむ。ニールはあたしをレールの上におろすと、手を引っぱる。あたしたちは、列車の前方に向かって走る。エンジンを通りすぎ、機関車の前面にあるハッチに向かう。操縦士《そうじゅうし》が一瞬《いっしゅん》、眉《まゆ》を寄《よ》せたけど、あたしを見て笑顔になる。

ニールに押《お》されてステップをあがると、あたしは機関車のなかにいて、操縦装置《そうじゅうそうち》に向きあっていた。ニールがすぐうしろから入ってくると、操縦士《そうじゅうし》がハッチを閉《し》めて、いそいで席に着いた。

大きい窓《まど》の外をながめていると、操縦士《そうじゅうし》がレバーをいくつか動かしている。列車がまた動きだす。操縦士《そうじゅうし》が、自分のとなりの席を見て、ここだよと合図する。あたしがニールのほうを向くと、ニールはにっこりしてうなずいた。あたしは、その席にすわった。

列車は進んでいく。あたしは大きいフロントガラスから見てる。通りすぎていく景色じゃなくて、こっちに向かってくる景色。

何もかもが、大きく見えてきた。これからどこへ行くのかが見えてきた。ニールが両手をあたしの肩《かた》に置くのがわかる。あたしはすわったまま、とろけそうになる。

「お名前は？」

「ライダー」勝手に口が動く。

スピードがあがる。

「ニールから、いっぱい悲しい思いをしたってきいているよ。あと、たぶん少しこわい思いも」

あたしはうなずく。

「そうか、それは気の毒だったね。これで何かがよくなるとはいえないけど、左側にある大きなオレンジ色のボタン、ちょっと押《お》してみてくれないかな」

あたしはニールを見上げる。ニールがうなずく。あたしはボタンに手をのばして、おそるおそる押《お》した。警笛《けいてき》がしゃっくりみたいに一瞬《いっしゅん》、爆音《ばくおん》で鳴る。

機関士はにっこりする。「遠慮《えんりょ》しなくていいよ。さあ」

あたしは、ボタンをしっかりぐいっとやって、そのまま少し押《お》してた。ものすごい音がする。

「さっきより上手だ」機関士がいう。

ニールが横の窓《まど》をあけると、列車が立てる音が大きくなって、街からはねかえってくる。列車の外の世界の音もかけぬけていく。

ここ三日間、空をおおっていた灰色《はいいろ》の毛布《もうふ》がはがされて、まるで陸地の終わりに来て、青い海を見てるみたいだ。シカゴの高層《こうそう》ビルが遠くにぼんやり見えてきて、あらわれたばかりの夕日を浴びてる。

あたしの前に敷《し》かれた新しい生活が、あたしを待ってる。涙《なみだ》がつーっと流れる。

「もう一回やってみて」ニールがいう。「泣《な》き叫《さけ》ばせて。吠《ほ》えさせるんだ」

あたしはボタンをぐいっと押《お》して、そのまま力をこめる。

あたしは声を立てて笑う。

それから短く何度か鳴らす。それは、線路の横の壁《かべ》にあざやかな絵を描《えが》くスプレー缶《かん》みたいだ。

警笛《けいてき》を鳴らしつづけてると、人に慣《な》れきったハトさえもこわがって逃《に》げていく。

警笛《けいてき》を思いっきり鳴らすと、三ブロック先で横断歩道《おうだんほどう》をわたってる人たちが耳を押《お》さえる。

警笛《けいてき》をとどろかせると、児童養護施設《じどうようごしせつ》が揺《ゆ》れ、病院がふるえ、教会のドアのちょうつがいがはずれる。

あたしは警笛《けいてき》にこぶしをたたきつける。吠《ほ》える。泣《な》き叫《さけ》ぶ。知ってるかぎりの悪態《あくたい》をついて、自分でいま考えたののしりもんくも叫《さけ》ぶ。汚《きたな》い言葉をいう。ママに対してもいう。あたしを置いて死にやがって。あたしを置いてきやがって。

パパになってくれなかったあたしの父親のことをののしる。あたしを見捨《みす》てた人、勝手に死んだ人全員に。気づいたら、『吠《ほ》える』に出てきた名前を叫《さけ》んでた。

モーラック！　何度も何度も。警笛《けいてき》の嘆《なげ》き悲《かな》しむ音のなか、叫《さけ》びつづけて、とうとうすべて、自分のなかにある怒《いか》りを出しつくす。少なくとも、いまは出しつくした。何も残ってない。

涙《なみだ》を流して目がすっきりしてる。あたしは深呼吸《しんこきゅう》をして、肩《かた》に置かれた手に触《ふ》れた。ニールの手は、ずっとあたしの肩《かた》の上にあった。

シカゴが近づいてくるのをながめてる。

背《せ》の高いビルがますます高くなっていき、目の前に浮《う》かびあがるようにそびえてる。

モーラック
この街で、あたしは生きていく
レンガとはがねの建物
知らない人だらけのなかが見えない窓《まど》

それがどんどん近づいてくるのを、あたしはながめている
列車の機関車の
フロントガラスのむこうから
どんどん近づいてくる

あたしの元にやってくる

それは光かがやく
きらめいている

あたしの瞳《ひとみ》のなかで

訳者《やくしゃ》あとがき

この作品は、作者がはじめて書いた児童向けの物語 "Train《トレイン》 I《アイ》 Ride《ライド》" を日本語に翻訳《ほんやく》したものです。アメリカの伝説的なロック歌手、エルヴィス・プレスリーの名曲のタイトルからとった原題を直訳《ちょくやく》すると、「あたしが乗る列車」。主人公の「あたし」が、みずみずしい言葉で語っている物語です。

「あたし」は、十二歳《さい》の女の子。アメリカの鉄道公社アムトラックの長距離列車《ちょうきょりれっしゃ》に乗って、カリフォルニア州のいなか町パームスプリングスから、ロサンゼルスを経由《けいゆ》して、シカゴに向かっているところです。髪《かみ》はハデなグリーンだし、言葉数は少ないし、あんまり笑わないので、だれからも好感をもたれる愛嬌《あいきょう》のある女の子とはほど遠いタイプに見えます。でもそれには、ちゃんとした理由があるのです。不機嫌《ふきげん》そうにぶすっとした顔をした「あたし」が、ほんとうはものすごく心がやさしい女の子だということは、さまざまなエピソードから伝わってきます。ふつうの十二歳《さい》なら知らなくていいようなつらいこと、苦しいことを経験《けいけん》して、心がちょっと凍《こお》りついてしまったのです。そもそもこの列車に乗ったのも、その悲しい理由のひとつのせいです。

数日間をすごすこの列車のなかで、「あたし」は、やさしくておもしろくてステキな人たちに出会い、恋《こい》を経験《けいけん》して、十三歳《さい》の誕生日《たんじょうび》をむかえます。自分の居場所《いばしょ》を失って少しひねくれた態度《たいど》をとっていた「あたし」が、列車のなかで出会った人たちを家族だといえるくらいに、心をひらいていきます。

原書を読みはじめたときから、わたしは、「あたし」がどういう事情《じじょう》で列車に乗っているのか、どうしてこんなにさみしそうなのかが気になって、どんどんページをめくっていきました。状況《じょうきょう》がわかってくるにつれて、つらくて胸《むね》が痛《いた》くなることもありましたが、それだけに人のやさしさにじんときて、心があったかくなり、物語に夢中《むちゅう》になっていました。

列車のなかで主人公が読むギンズバーグの詩集『吠《ほ》える』は、とても難解《なんかい》ですが、言葉が吠《ほ》えるようにうったえかけてくるはげしいいきおいをもった作品です。詩のなかに

「モーラック」という神さまの名前が何度も出てきます。詩の解釈《かいしゃく》は人それぞれですが、おそらく、この神さまは近代社会の冷たさや息苦しさを象徴《しょうちょう》する、非人間的《ひにんげんてき》でものすごく強力で得体のしれない存在《そんざい》として、『吠《ほ》える』に登場しているようです。主人公も興味《きょうみ》をもち、影響《えいきょう》され、ラストシーンでモーラックをモチーフにした詩をつくります。新しい場所で生きていく「あたし」の、不安や希望がつづられていると感じました。

最後になりましたが、この作品を訳《やく》すにあたっては、たくさんの方にお世話になりました。とくに、訳稿《やくこう》をていねいに読みこんで的確《てきかく》なアドバイスをくださった鈴木出版編集部《すずきしゅっぱんへんしゅうぶ》のみなさんに、心から感謝《かんしゃ》いたします。

「あたし」といっしょに、列車に乗って旅に出てみましょう。

二〇一八年　五月

代田亜香子《だいたあかこ》

ポール・モーシャー　Paul Mosier
アメリカ合衆国アリゾナ州フェニックス生まれ。作家。二人の娘の父親。ラジオで野球中継を聞くこと、ベジタリアンフード、コーヒー、ノンストップのおしゃべり、列車に乗ることを愛している。本作品がデビュー作。
ホームページ（英語）：https://novelistpaulmosier.wordpress.com/

代田亜香子（だいた あかこ）
立教大学英米文学科卒、翻訳家。主な訳書に、『ウィッシュガール』（作品社）、『世界名作シリーズ　あしながおじさん』（小学館ジュニア文庫）、「ペンダーウィックの四姉妹」シリーズ（小峰書店）、『マーヤの自分改造計画』（紀伊國屋書店）、『きらきら』（白水社）、『シルクの花』、『クレイジー・サマー』、『はじまりのとき』、『コービーの海』（いずれも鈴木出版）など多数。

編集協力　岡崎幸恵（おかざき さちえ）

鈴木出版の児童文学　この地球を生きる子どもたち

あたしが乗った列車は進む

2018年　6月29日　初版第1刷発行

作　者／ポール・モーシャー
訳　者／代田亜香子
発行者／鈴木雄善
発行所／鈴木出版株式会社
〒113-0021　東京都文京区本駒込6-4-21
電話　代表　03-3945-6611
編集部直通　03-3947-5161
ファックス　03-3945-6616
振替　00110-0-34090
ホームページ　http://www.suzuki-syuppan.co.jp/
印　刷／図書印刷株式会社

Printed in Japan　ISBN978-4-7902-3342-8 C8397

この地球を生きる子どもたちのために

芽生えた草木が、どんな環境であれ、根を張り養分を吸収しながら生長するように、子どもたちは生きていくエネルギーに満ちています。現代の子どもたちを取り巻く環境は決して安穏たるものではありません。それでも彼らは、明日に向かって今まさにこの地球を生きていこうとしています。

そんな子どもたちに必要なのは、自分の根をしっかりと張り、自分の幹を想像力によって天高く伸ばし、命ある喜びを享受できる養分です。その養分こそ、読書です。感動し、衝撃を受け、強く心を動かされる物語の中に生き方を見いだし、生きる希望や夢を失わず、自分の足と意志で歩き始めてくれることを願って止みません。

本シリーズによって、子どもたちは人間としての愛を知り、苦しみのときも愛の力を呼び起こし、複雑きわまりない世界に果敢に立ち向かい、生きる力を育んでくれることでしょう。そのとき初めて、この地球が、互いに与えられた人生について、そして命について話し合うための共通の家（ホーム）になり、ひとつの星としての輝きを放つであろうと信じています。